中国好诗

第二季

轩辕轼轲 著

挑滑车

中国青年出版社

《论语·雍也篇》

子曰：知者乐水，仁者乐山；
知者动，仁者静；知者乐，仁者寿。

长天长出版基金由西安交大长天软件股份有限公司暨江苏天长环保科技有限公司董事长林宣雄先生发起成立。其宗旨为资助优秀原创文学作品的出版，藉以达成"欲行生态环保，必启心灵环保"之理念，促进社会环境和自然环境之友善和谐。

特此鸣谢长天长出版基金资助本书出版

轩辕轼轲 1971年1月生于山东临沂,新世纪先锋诗歌代表性诗人,入选多种海内外选本,获2012年度人民文学奖等奖项。著有诗集《在人间观雨》《广陵散》《藏起一个大海》。

图书在版编目（CIP）数据

挑滑车／轩辕轼轲著．－－北京：中国青年出版社，
2016.6（中国好诗．第二季）
ISBN 978-7-5153-4226-9
Ⅰ．①挑… Ⅱ．①轩… Ⅲ．①诗集－中国－当代
Ⅳ．①I227
中国版本图书馆 CIP 数据核字（2016）第 136335 号

责任编辑：彭明榜
书籍设计：孙初＋林业

中国青年出版社 出版 发行
社址：北京东四 12 条 21 号
邮政编码：100708
网址：www.cyp.com.cn
编辑部电话：(010) 57350506
门市部电话：(010) 57350370
北京科信印刷有限公司印刷　新华书店经销

889mm×1194mm　1/32　6 印张　105 千字
2016 年 6 月北京第 1 版　2016 年 6 月北京第 1 次印刷
定价：35.00 元

本书如有印装质量问题，请凭购书发票与质检部联系调换
联系电话：(010) 57350377

看官且看,横枪立马挑滑车

◎ 霍俊明

当年的张爱玲最有感触的戏剧是《红鬃烈马》,总关乎幽幽的男欢女怨,而在阅读轩辕轼轲诗歌的时候我却立刻就联想到《挑滑车》(轩辕轼轲的名字也有点邪乎,那么多的车啊。所以,我们叫他"老车")。

列位看官,且看!

戏台上,长靠武生,一手马鞭一手提铲头枪,呀呀声中挑落滑车如雨。

2012年4月下旬,在午夜北京的一个空旷的茶馆里江非和邰筐谈论着当年的临沂生活,还有那个我一直未曾谋面的轩辕轼轲——"老邰 还记得那个小酒馆吗/九九年的 江非刚被海风吹来/刚被平墩湖的麦浪吹来/一落地撒了一圈舟山群岛的盐/我

们比海风还能吹 如三座不太平洋／用浪花的手掌拍打着桌子／拍的老板娘叫来了灯塔般的丈夫／我们不需要导航 但仍被岁月吹散／散 再散 也散不出合围过来的春天"。我这么多年与江非和邰筐都混得熟，唯独轩辕轼轲只见其诗不见其人。甚至他有整整七年左右时间没有写一行诗。

时间的风吹散一切，也能吹来一些东西。

半年之后的冬天，沈浩波约我。我终于在北三环附近的一个咖啡馆见到了一身寒气走进屋内的轩辕轼轲。感觉轩辕屁股还没有坐稳，两瓶啤酒就已经下肚了。这次轩辕轼轲是来领《人民文学》年度奖的。在1990年代的临沂城，那时轩辕和江非、邰筐既为生活发愁也为写诗发愁。邰筐曾经半开玩笑说过，他和江非那时经常批评轩辕的诗。这让轩辕非常恼火，一次拿着刚刚发表在《人民文学》上的诗给他们看——"以证清白"。

轩辕轼轲这两年"重操旧业"，甚至诗歌写作变得有些疯狂——从写作状态和诗作数量（有时候一天数首）上而言如此，从文体实验以及语言狂欢上来说也是如此，比如近期的"口占"系列和文体有些模糊暧昧的《武器研究》《我来到了我的晚年》《头号敌人》《任性》。这实际上正是轩辕诗歌的典型症候和某些"后遗症"。是的，这是一个极其"任性"且充满了活力的诗人。在我看来,这已经不是一般意义上一个诗人的练习性文本,而是会牵涉到很多当下中国具有"特色"的诗歌现象、问题和"现实"境遇。而《微信大阅兵》一诗就最为生动搞笑地揭开了热气腾腾的自媒体这一大锅里的诗歌生态和真实内里。

> 现在朝我们走来的是抢红包方队
> 之所以把他们放在首位
> 完全是因为他们的手和手机太快了
> 能一秒钟同时伸向几十个群
> 他们不仅明抢还暗抢
> 不仅怒目金刚的抢还含情脉脉的抢
> 不仅用指头抢还用各种山寨抢包神器抢
> 他们更换马甲出群入群如地道战战士
> 他们把抢来的钱不仅补贴家用
> 还一分一分的发给其他盆友
> 向这些微信界的土行孙致敬

一切虚假的意义、繁华的幻觉、宏大叙事和无意义的泡沫瞬间就被一个"孩子"给戳破了。

在一个如此莫名的时代我们进入一个时代的"内部"谈何容易,而进入一个无比真实又虚无难着的"诗人内心"同样如此艰难。这让我想到了轩辕的一首诗《姥爷的礼物》。在一个大历史甚或小时代面前,我们并不能看到完满高远的月亮,甚至不能以团圆的名义尝到一块完整的月饼——更多的时候我们只能埋头于月饼的碎渣中来体验人间冷暖和自我悲欣。这产生的必然是"真实之诗""历史之诗"。

在轩辕轼轲这里,我看到他将历史故事、传统戏曲和这个时代的众多"面具""道具""玩偶""公仔"都随心所欲地放在自己的语言戏台上。是的,毫无疑问轩辕轼轲最钟情于在诗歌中摆设"戏台""剧院"了(比如《广陵散》《花旦》《挑滑车》《捉放曹》《墙头记》《马路带我回家》等)——人生和戏怎么能分开呢。不同的戏份自然需要不同的角色上场,生旦净末、红鬃烈马、才子佳人、帝王将相、大红大绿、大嚷大叫、嬉笑怒骂。甚至有了这个戏台和这些角色还不够,有时候轩辕还会自己跑到台上插科打诨——自我戏剧化(比如《胆剑篇》),来些狂欢化的独白或戏文、俚语、段子(比如《星座与爱情》)。而这样应该总可以了吧?不!在轩辕看来这还不够劲儿——他还要将自己置于现实和梦境的缝合地带,搞出点"穿越"的名堂,来点天地人神今夕何夕呜呼哀哉的那一声慨叹。

诗人说——"想象据说也是有边界的"。而这句话在轩辕这里可能要加一个问号了。

我同意沈浩波对轩辕轼轲的评价——他本质上是一个"语言诗人"。轩辕是一个特别能"说"的诗人，是一个在谐音、转义、博喻和嫁接的语言上最喜欢用复沓铺排的句法家。尤其是《踉跄——赠盛兴》《我们挖》《折返跑》《阴间也有愚人节》《动物读书日》《总统先生，一路走好》《董卓究竟有多重》《减少》《东坡肉和唐僧肉》《勺子除了吃饭还能做什么》《炒米豆》等这样的具有"极端化"效果的诗。轩辕习惯于由一个核心点不断向外辐射又反复收拢。就像是一个市井说书人，桌子、椅子、惊堂木、扇子和一碗茶水等家伙停放之后立刻开说。甚至在诗歌文本中这个"说话者"有点话唠，还不是一般的话唠——他似乎是一个对自身、人世和这个时代明晓了一切的全知全能的说话者——狂欢、喧闹、杂耍、反讽、严肃、讥诮、消解、自我戏剧化、历史演义、现实闹剧……一下子都来个齐全——有些乱点鸳鸯谱的不讲道理、有些魔术师一样的无中生有。他可以比任何人都油滑、不屑，也可以比任何人都正统、严峻。翻江倒海一锅粥是他，铁打不动高冷孤傲也是他。可以摔盆子摔碗打破给你看，也可以用刺猬的一身刺提醒你。这非常像轩辕本人——大概一看确实像是国税局的干部，仔细打量发现他的眼神犀利而陡峭——最终是一个诗人。

轩辕在文本中"说"得已经够多——可能有的"说"得太多了,这是"语言体操"也是"精神体操",再深点说是"狂欢"了。但似乎这重语言的"体操"仍难以自由地完成对"莫名其妙的现实"的挪动、缝合、过滤、嫁接与改造。尤其是在当下的现实场域中,不是有那么多的人无奈地说出——现实的复杂性和新奇感已经超出了写作者的想象力,不是写作者的想象力和现实赛跑,而是作家拍着屁股和脑袋迷迷糊糊又自作聪明地跟在快速奔进的现实后面。那么在这样的情势下,诗人的写作能力无形中在这个时代被要求得更高更全面。而按照诗人的说法就是"坐着旁观也是一种体操"。

写到轩辕轼轲这个年龄,很多写作者不是写不动了就是畏手畏脚。那么从一个诗人的写作能力和活力来说轩辕是让我激赏的。当然,轩辕这两年如此高密度大负荷的写作方式也必然有潜在的危险。写得多了必然会泥沙聚下好坏参半——正如一个人本应该将一盆水泼在地上,但是一不小心盆里的孩子也随手泼掉了。可能没有这么严重,但是在一首"伟大的诗歌"与众多品相"平平"之间的关系已经切实地摆在了轩辕面前。

多年来我喜欢轩辕诗歌中那些能够使得精神"旁

逸斜出"的势能——他经常向前猛刺又善于使用回马枪。那些大刀阔斧、细刀切肉、大快朵颐、添油加醋、釜底抽薪式的诗歌语气以及荒诞的、戏剧性的细节和有点无厘头的想象方式、叙事能力恰恰呈现了一个诗人的综合素质。

这是一个不停挑语言滑车的人——"一直在／安定团结的局外，最后被飞速旋转的车轮／碾碎了中年，躺在了生命的局外／我仿佛置身于时代的局外，只是凭着惯性一挑／很快马就力不能支，我就力不能支，你们就／乐不可支，在一张白纸般的山道上／我会画出最新最腥红的图画，六毛四一张／被抢购，被撕碎，被诅咒，被传扬／这和我无关，我不高，我不宠，就当我犯病"（《挑滑车》）。轩辕轼轲的很多诗能够通过一个细小场景或不相干的人事呈现讽喻性和悖论性的精神症候。这些纷纷登场的历史性人物和标志性的故事，在重新演绎和"借尸还魂"的套路下无不指向了更具"传奇"的现实境遇与整体性的精神大势，"彩电里是我的前生／正骑在几案头上大笑，不像今生的我／被贫穷骑在头上大笑，它怎么还不笑死"。在古代戏曲故事和当代现实"故事"的交叠与重叙中，在语言的快速而具有爆发力的摩擦和龃龉中轩辕轼轲俨然成了一个痛快淋漓的说书人。轩辕轼轲的很多诗歌都会借助谐音和双关的"滑动"方式引爆集束式的语言意义组群。这些词义之间的移动、打开和互文效果显然更能容纳诗歌的体积和情感当量。这种按照当下流行的"穿越"在轩辕轼轲的诸多诗歌中达到了极致，诗人似乎能在如此自由的空间里酣畅淋漓地表达自己的喜怒哀乐，"改写"和打通现实与历史之间庞杂不清的戏剧性关联。据此，轩辕轼轲诗歌中的场景已经不再只是真实的生存场景，而是更多作为一种精神地理学场域，携带了大量的精神积淀层面的戏剧性、寓言性、想象性和黑暗性。这也成了诗人连接"精神现实"的背景或一个个窄仄而昏暗的通道。在这些苍茫的黑色场景中纷纷登场的人、物和事都承载了巨大的心理能量。这也更为有力地揭示了最为尴尬、疼痛也最容易被忽视的深层褶皱的真实内里。实际上这虚拟、再生的景象比现实中的那些景观原型更具有持久、震撼、真实的力量和可以不断拓殖的空间。我喜欢轩辕轼轲诗歌中"庞杂"而"粗糙"的颗粒感，他会用阻塞和疼痛打断你的阅读惯性。

　　轩辕轼轲够严肃又有点"不着调"，他看起来"信口雌黄"却又句句直指"人心"和本质。

　　由此，值得注意的是轩辕轼轲诗歌中的"诗人形象"。这些形象大多更具有寓言性和荒诞性，无论是西绪弗斯、堂吉诃德、高宠、鲁智深、索超，还是测海者以及借法贝尔来说中国的矿难,我们都能够看到诗人言说自我精神和开阔现实感的能力——"听说矿难中死了一个白人,被渲染成了黑人"。

1990年代后期尤其是新世纪的整整十多年,诗歌的题材问题尤其是农村、城乡接合部、底层、弱势群体作为一种主导性的道德优势题材已经成为了公共现象。实际上我们也不必对一种写作现象抱着道德化的评判,回到诗歌美学自身,我想追问的是一首分行的文字当它涉及到中国现实时,作为一种诗歌和想象化的现实离真正的"现实"到底有多远。在这种情境之下,由轩辕轼轲诗歌中的精神事实我们可以通过一种特殊化的方式来观察和反观中国现实与诗歌写作之间意味深长的复杂关联。实际上诗歌界这些年来一直都在强调"社会"和"现实"。里尔克的名言"生活与伟大的作品之间总存在着某种古老的敌意"在今天的中国文学场是否仍然适用和有效?由轩辕轼轲的《撤退》《出租房里的化学反应》《小陶》《路过洒水车》等诗,我想进一步强调的一点是在现实和写作面前诗人应该用什么"材料"和"能力"来构建起诗歌的"现实"。2009年,著名艺术家徐冰用废弃的钢铁、建筑垃圾打造成了两只巨大的凤凰。这本身更像是一场行动——时代这只巨大"凤凰"的绚烂、飞升、涅槃却是由这些被废弃、抛弃、搁置的"无用""剩余"之物完成的。各种媒体呈现的是离奇的、荒诞的、难以置信的社会奇闻和热点现象,中国已经进入一个真正"寓言化"的时代。而具体到轩辕轼轲呈现的则是讽喻性的诗歌写作趋向。面对各种爆炸性和匪夷所思,诗歌的现实感所要求的是诗人一定程度上重新发现现实、提升现实和改变现实的能力,要求的甚至是"高于现实"的能力——而不是仿写和沦为新闻的衍生品。所以,处理正在发生的现实对于诗人们而言无异于一次巨大的冒险和挑战,但是我们也必须正视日常化现实一定程度上比"历史"对诗人综合能力的要求更高、更严苛。显然,轩辕轼轲的《马路带我回家》《花旦》《母亲》《是谁发明了花生米》《生活不止眼前的苟且》就属于在我看来既具有个人化的历史想象能力又直抵精神现实内核的诗——历史首先被还原成了带有个人体温的经验和生命感的想象。

在远方的深圳
一位63岁的母亲
为了患强直性脊柱炎的
儿子的手术费
跳楼自杀了
但她并不知道

她跳到了意外险之外

无论是试图重归过去还是企图超越现在一定程度上都是痴人说梦,我们只能老老实实地说出"当下"我们真实的感受和个人碎片化的观感,哪怕我们最终续完的也只是"失败之书"。而在一定程度上我们需要这样的"失败之书"。

不信,各位看官且看,那个挑滑车的"英雄"也是名副其实的"失败者"(再有天赋神力最终也是身陷滑车之下)又呀呀声中登上了舞台。

目录

看官且看,横枪立马挑滑车
/霍俊明/001

第一辑 马路带我回家

挑滑车 /002
姥爷的礼物 /003
花旦 /004
墙头记 /005
马路带我回家 /006
胆剑篇 /007
小陶 /009
撤退 /010
出租房里的化学反应 /011
燎原 /012
故事的中心 /013
跟跄
　　——赠盛兴 /015
星座与爱情 /017
情人节的起源 /018
更多的人没死于心碎 /019
316 口占 /020
318 口占 /021
雨的十字绣 /022
我们挖 /023

折返跑 /025
古代也有广场舞 /027
迟宇宙 /028
阴间也有愚人节 /030
花和尚鲁智深 /032
急先锋索超 /033
神行太保戴宗 /034
黑夜继续公映 /035
清明节 /036
赠魏新 /037
母亲 /038
是谁发明了花生米 /040
动物读书日 /041
百年读书日 /043

第二辑　立地成僧

要不自由 /046
冰川移动 /048
千里之行始于足下 /049
总统先生，一路走好 /050
万事俱备 /052
圣女 /053
废墟上站着什么
　　——题于恺照片 /054

下辈子 /055

擦掉拉塞尔 /056

董卓究竟有多重 /058

洗澡 /060

消息树 /061

道士下山 /062

撞鹿 /063

墨菲定律 /064

鹿特丹 /065

大海也有志愿者 /066

夜观星象 /067

米饭 /068

立地成僧 /069

另一个上帝 /070

减少 /071

手机 /073

不过火焰,你打乱了我的人生规划 /074

耐心 /077

小狗圆舞曲 /078

东坡肉和唐僧肉 /079

林肯轿车 /081

军港之夜 /082

有没有一扇窗能让你不绝望 /083

第三辑　乌鸦放飞人类

荷包 /086
彩电前传 /087
别让李自成跑了 /088
不是每次旅行都能说走就走 /090
马龙之死 /091
童年没有上帝 /092
路过丹麦 /093
传习录 /094
白令海峡 /095
差点成为凯撒 /096
场记 /097
上海滩 /098
挖坑游戏 /099
机舱里的海 /100
路过洒水车 /101
昨天丢失的东西今天都能找到 /102
如果人也冬眠 /104
语言习惯 /106
世界厕所日有感 /107
倒人，请注意 /108
一个郁郁寡欢的国王 /109
破贼论 /111
路边一瞥 /112

小年一瞥 /113
小年印象 /114
视力有限 /115
勺子除了吃饭还能做什么 /116
寒流帖 /119
花朵咳嗽帖 /120
快雪时停帖 /121
孟郊过年 /122
孟郊的困惑 /123
养弹皮 /124
乌鸦放飞人类 /125
炒米豆 /126

第四辑 来人间踢馆

姥娘做的饭 /130
磨刀不误钟点工 /131
点名 /132
雁过也 /133
路转粉 /134
鸣谢 /135
解放路和尚 /136
长跑花 /137
陈涉使家 /138

三八节傍晚去看云 /139

不捉住两个特务玩玩脚板子就痒痒 /140

解剖麻雀 /143

胶囊公寓 /144

白 78/145

来人间踢馆 /146

梦见一个大个子 /147

算球的进步 /148

生活不止眼前的苟且 /149

冬至日，主要看爱因斯坦的梦 /150

惊蛰日，主要看管管 /151

微信大阅兵 /153

武器研究 /159

心灵抚养权 /161

我来到了我的晚年 /162

头号敌人 /166

马路带我回家

挑滑车

我不该认识姓牛的,不该来到牛头山
不然一直在乡里饮酒打猎,一身安逸
现在倒好,被推向了历史的半山腰
挑这一辆辆不知从何而来的铁滑车
像加缪,在山坡推起了不断滚下的石头
他混血,在娘胎就成了纯种的局外人
一出生就是世界大战,成了和平的局外人
父亲参军,他成了孤儿,站在幸福的局外
富裕的局外,童年只有潮湿和贫穷
感染了肺结核,挡在了健康的局外
流离失所,和萨特失和,一直在
安定团结的局外,最后被飞速旋转的车轮
碾碎了中午,躺在了生命的局外
我仿佛置身于时代的局外,只是凭着惯性一挑
很快马就力不能支,我就力不能支,你们就
乐不可支,在一张白纸般的山道上
我会画出最新最腥红的图画,六毛四一张
被抢购,被撕碎,被诅咒,被传扬
这和我无关,我不高,我不宽,就当我犯病

姥爷的礼物

姥爷在百货大楼上班
八月十五前夕
他回家就给我捎一袋月饼渣
那是卖完月饼后
他从柜台上的白铁皮匣子里倒出的
这成了我的美食
我把脸埋进塑料袋里吃
完了还舔舔
我对月饼都不感兴趣了
只喜欢吃月饼渣
对仰望月亮都不感兴趣了
只喜欢把脸埋进
碎了的月光里

花旦

当年她演穆桂英
身手矫健
两腿跳起来
足尖一个十字交叉
就能同时踢开小番扔来的
八条花枪

后来她不演了
认识了某县长
调进了某个机关
这次足尖不论怎么画十字
都没撬开他的家庭
县长退休后
她回归到穆柯寨一样
空荡荡的别墅
感到当年踢开的那些花枪
又缓缓扎回心间

墙头记

剧团的院子
和聋哑学校一墙之隔
剧团的孩子们
经常和聋哑学生用石子打仗
一天傍晚
还没吃完饭的我
捧着煎饼就到院子里观战
正巧遇到小伙伴们溃败
那边跳过来抓舌头的
抱起我就越墙而去
父亲闻听后换上了运动鞋
一纵身翻进围着我的那群学生中间
他只做了一个瞪眼的哑语
就成功解救了人质

马路带我回家

剧团在罗庄演出时
大人们嫌孩子们捣蛋
让一个管后勤的人
把我们押解回城里
路上的人看到他
像赶鸭子一样撵着一群小孩
以为他是人贩子
就向他询问价格
其中一个还相中了我
非要当场交易
幸亏这个管后勤的机智
说这些都是别人订好的货

胆剑篇

十八般兵器中
他最喜爱的是宝剑
从童年到少年
他在大杂院里飞奔
挥动着木剑竹剑塑料剑
直到和他对刺的小伙伴们
都长大成人
直到被他砍伐最多的父亲
突然被车轮拽走
他才丢下了剑柄
不过握剑的习惯已经形成
多年以来
他的手里总得握着点什么
心里才有底气
他去蓝翔技校学过烹饪
练成了颠勺的才艺
举着一只二手单反
他在景点追逐过游人
印染厂倒闭前
他在门口攥过塞满布的饭盒
还拿过羽毛球车间冠军
他手劲很大
每次和人握手
都恨不得把人挥舞到空中

挑滑车

为了和车祸势不两立
每次握住方向盘
他都全神贯注
被出租车公司评为标兵
先后有两只纤手
被他攥着牵进爱情的坟墓
但最后留在古墓的
只有他和一只越来越顺手的酒杯
最近一次同学聚会
我们没看到他的影子
后来才知道他得了肝硬化
被疾病攥在了家里
我们去看他
意外地发现他病榻之侧
竟放着一把桃木剑
命运开始叫板了
和他对刺的命运终于填上了
当年空出的父亲

小陶

她知道
这是她手里
最后一只破罐子
要好好摔
要到七十米的大桥上摔
她要摔给人看
在这之前
她摔碎过饭碗
摔碎过婚姻
摔碎过体内不足月的孩子
摔碎过亲友的关心
摔碎过那些男人脸上
刚出窑的陶醉

一件来自地摊的羽绒服
插足到江水和她之间
包浆一样
把她粉身碎骨的想法
旋转着揉碎

撤退

他们一个个匍匐而来
为上一个男人撤退时
来不及掩埋的默哀
然后再投入战斗
同样在撤退时
留下一摊来不及掩埋的

只有到拂晓时分
她才有机会去清洗
这些不同战役中的遗骸
把他们掩埋在
沐浴液挖掘好的流水里
她扭动的身体
就像一只刚从石头中
晃出的丰碑

出租房里的化学反应

她能把风雪关在门外
却无法把寒冷关在门外
为了儿子通红的小手
第二天能握住铅笔
她点着了蜂窝煤
没想到蜂拥而来的温暖
却吹灭了他的酒窝
她疯了

燎原

挑滑车

星星点点的白发
在他头上燎原了

星星点点的老人斑
在他脸上燎原了

星星点点的孤寂
在他心里燎原了

星星点点的癌细胞
在他肝上燎原了

星星点点的柴油
在他尸体上燎原了

烧成骨灰后
他失去了燎原的资本

只有偶尔的磷火
还星星点点

故事的中心

故事的中心从来都是一位主人公
但讲故事的却在故事中心栽了一棵树
虽然这棵树旁边也围绕着几个乘凉的人
但故事的中心总是在讲述着这棵树
为了反对这棵树我们捂住了自己的耳朵
但大嗓门讲故事的还是让我们听到了这棵树
我们只好央求他把我们也编进这个故事
让我们沿着故事情节去靠近这棵树
我们故意用各种理由向他要锯和斧头
但他除了微笑之外什么也不给我们提供
我们只好让那些还没进入故事的回家拿工具
但等他们跑来时讲故事的已经口若悬河
把我们讲到了一座海天茫茫的孤岛
这棵树这时才凸显出作为中心的作用
它给我们果实果腹给我们枝条燃起篝火
在故事中还有一伙土著飞奔来给我们添乱
但我们及时地攀援到了遮天蔽日的树冠
从树上一出溜下来故事就快要结尾了
但供我们返回的船不小心被讲故事的忘掉了
这回他不得不给我们扔进来锯和斧头
这回他不得不给我们递进来造船的图纸
我们的手出现了老茧我们的脊背出现了汗
我们亲眼看到在树存在的位置出现了一条木船
没有油漆就没有吧没有铁锚就没有吧

没有香槟就没有吧反正我们一跳到甲板它就启航了
我们远离了故事中心我们现在哪还有心思
管谁是故事的中心在暮色中我们听到了
父母喊我们回家吃饭我们一个个扔下故事就跑
只有杜三没跑他爸正绘声绘色地坐在他身边

挑滑车

踉跄

——赠盛兴

父亲一踉跄,把我们甩进子宫
子宫一踉跄,把我们甩进人间
人间一直在踉跄,使我们从未站稳
从摇篮甩进校园,手里还晃着拨浪鼓
从校园甩进机关,身上还没脱光校服
从马路甩进盲道,脚底下还有
一大把没有捋清的方向
从初恋甩进婚姻,抽屉里还有
一大摞没有读完的情书
从小鸟依人的姑娘甩进怒目金刚的女人
金刚难道就是小鸟飞向的鸟巢
从如胶似漆的激情甩进油漆未干的背叛
背叛莫非就是激情甩出的包袱
心在踉跄,把走红的心事甩进动脉
使毛细血管都有点红得发紫
嘴在踉跄,把打折的话语甩向听众
使耳膜的超市里摆满了贱货
手在踉跄,甩掉了一个个酒瓶
唯有手心的掌纹挥之不去
脑袋在踉跄,甩掉了一顶顶帽子
唯有滚烫的天空还戴在头上
眼在踉跄,一张张面孔被甩进眼白
鼻孔在踉跄,一股股气味被扔出鼻毛

锁骨在踉跄,使打开的心房夜不闭户
耻骨在踉跄,使翻卷的沃土把根留住
骨盆在踉跄,把上半身当成泼出去的孩子
双腿在踉跄,把下半身当成撒欢的高速
大街踉跄,把人流甩向车祸
季节踉跄,把青草甩向野火
声音踉跄,总找不到合适的调门
目光踉跄,总搜不到解压的视野
皮肤踉跄,甩掉了多少衣裳和伤口
血液踉跄,甩掉了多少血性和念头
额头踉跄,早把印堂拆迁进了皱纹
脑浆踉跄,早把往事浇筑成了古墓
国家踉跄,外省和京都擦出了火花
世界踉跄,公海和内陆也碰出了事故
山野踉跄,把牛了的放牛娃甩成了土豪
天堂踉跄,把醉了的众神甩进了尘土
诗坛踉跄,摔碎了多少自铸的奖杯
祭坛踉跄,掀翻了无数自封的苦主
太阳踉跄,把你脸上的光甩到了我脸上
地球踉跄,把我走过的路甩到了你脚上
信仰踉跄,我们一直都坚守着动摇
岁月踉跄,我们一直都安度着慌张
这么多年了,我们喝大过无数
但我还记得第一次喝的时光
一路讲着笑话,我们从泰安喝进了首都
火车一踉跄,把我们甩进天安门广场
在那儿站着差点笑翻的沈浩波
他步伐稳当,带我们去酒馆踉跄

星座与爱情

如果一个刚出道的射手遇到金牛
不到一秒射手就射出了爱的电波
过了七年金牛才感到痒痒
这时射手已经做射击教练了
如果一个刚离岗的白羊遇到摩羯
不到一分钟白羊就开始了爱的表白
过了十年摩羯才有所回应
这时白羊已经快白发苍苍了
如果一个刚下山的狮子遇到水瓶
过了一个小时就决定放弃宝座
只想安静地做一个开瓶器
可过了一辈子水瓶才启开心扉
躺在灵床上握着一枚狮骨含泪说道
梁兄,原来是你

情人节的起源

夏娃和亚当呆腻了
就偷偷打开了苹果
到了园外才发现
顾客就是上帝

更多的人没死于心碎

只有心碎的人
才可以真正的散心
加入了驴友之后
她发现
忧伤其实也可以黔驴技穷

一位种马般的教练
按直通键一样
一路豪歌地进入了她
用粘稠的热情
复原了她的心

现在她心里
不仅有青花的光泽
还有钧瓷一样的裂纹

想起去年那个
对手腕举起瓷片的人
她发现
自己已经来到了自己的户外

316 口占

早晨的阳光是今天的
锅里的蒸饺是昨天的
肚子里的心情是前天的
天气预报说
雨是明天的

318口占

今日沮丧
是不是该在心里
勒石记之
上书"勿忘在沮"

雨的十字绣

雨线穿梭不停
雨景的十字绣快要完工
为了成为绣品的中心人物
他站在广场
淋了半天

我们挖

矿井从地下挖出煤
救护车从矿井下挖出矿工
钻井从海底挖出原油
破冰船从冰层挖出大海
电梯从楼底朝上挖
扔出一拨又一拨的人
农民从菜园挖出土豆
工人从炉火中挖出铸件
学生挖空心思考托福
方丈托泥菩萨的福
从施主手里挖出捐款
编剧从生活中挖出素材
导演从中戏挖出女星
记者在导演的挖中挖出猛料
土豪到北京挖地下室
考古队到外省去挖古墓
有人从论语挖出儒藏
有人却从论语挖出鸡汤
啄木鸟从树木挖出蛀虫
中纪委从官场挖出老虎
暴雨一直在挖马路
曾把高速挖成了水库
医生从病人体内挖疾病
警察从犯人嘴里挖口供

说相声的从观众席里挖笑声
拳王阿里从对手的跌倒中挖出声誉
网商阿里从剁手党的疯抢中挖出财富
真正的阿里在一千零一夜挖
挖出一个又一个大盗
从记忆里能挖出往事
从心里能挖出爱情
从耳朵里能挖出耳屎
脚挖穿了一双双袜子和鞋
手夹着筷子挖各种各样的菜
鼻孔挖路过的气味
舌头挖说过的谎言
本来眼睛是不用挖的
但现在却干起了矿工的活
它只有先挖掉大片的雾霾
才能欣赏到幕后的风景

折返跑

发到山东的订货又退回京东
住到宫殿的渔夫又退回木盆
走进窗户的玻璃又退回硅砂
走进婚姻的男女又退回单身
变成老虎的官员又退回仓鼠
变成家具的树木又退回森林
变成长城的砖块又退回泥土
变成洪水的暴雨又退回乌云
改变世界的伟人又退回精子
变成尸首的士兵又退回方阵
改变历史的枪声又退回枪膛
包成饺子的荠菜又退回草根
成为纲领的理论又退回空想
成为金领的商人又退回农民
成为名著的作品又退回大脑
成为盛誉的奖杯又退回合金
掀翻帝王的毒酒又退回鸩鸟
录成神曲的牧笛又退回乡村
废墟从地震中站起成为大厦
呼格从冤案中站起成为少年
废铁从车祸中站起成为奔驰
石块从塌方中站起成为大山
沉船从海底浮起来成为游轮
碎片从空中抱成团成为航班

朱令绕开铊粉又回到了校舍
瓜农躲开秤砣又回到了瓜田
蹄髈从卤水中跑出回到八戒
羊肉从炭火中跑出回到草原
白鲢从鱼钩跳下来退回涟漪
原油从钻井跳下来退回地幔
飞鸟从雾霾跳下来退回晴空
绯闻从头版跳下来退回包间
甜酱从罐头中钻出回到番茄
快板从相声中钻出回到竹竿
沙子从墙壁中钻出回到埃及
柳丝从柳编中钻出回到春天
丞相从遗骨中钻出回到赤壁
关公从雕塑中钻出回到边关
韩信从月下钻出来回到胯下
纪信从腾讯钻出来回到东汉
陨石从地面折返跑回了星座
国足在海埂折返跑回了日韩
阳光在万物折返跑回了太阳
目光在风景折返跑回了裸眼
黄泉荡漾着成了投胎的羊水
墓草晃动着成了磷火的摇篮

古代也有广场舞

古代也有广场舞
不过她们还没有跳成大妈
就死于兵荒马乱
因此沙场就是
广场的前身

迟宇宙

在我们的宇宙之外
还有一个慢半拍的迟宇宙
那里的婴儿出生的慢
树木生长的慢
没有高铁没有高速
去邻居家串门路上要备好干粮
那里的马拉松还不如竞走
那里的竞走是原地踏步
那里的秒针和那里的阳光一样
过很久才跳上一格

那里的窗口没有排队的
因为办事效率慢
索性免签了所有证件
可以随便出国但一生也走不到边境
可以随便出轨但一生也走不出家庭
那里的天空没有雾霾
浓烟还没爬到烟囱就累死了
那里的人语速慢
脑筋不会急转弯
在路上遇见朋友说声问候
就钻进路边的慢餐店
等吃完一出来
才能听到他的回答

当然最慢的是那里的元首
他的就职演说一直到快卸任了
还没有起草好
他要出去亲一下民
得亲自用喇叭吆喝三天
才能唤来
慢吞吞的随从

阴间也有愚人节

挑滑车

在这一天
阎王宣布阎王死了
阎王娘娘宣布自己嫁了
判官把生死薄一扔
说可以随便自选投胎了
牛头马面还在黄泉路上
突然对押解的人说你自由了
饿死鬼说简直撑死我了
吝啬鬼说想花钱找我
机灵鬼说我糊涂啊
赤发鬼说我头都白了
吊死鬼说我空降地方了
吸血鬼说我改吸毒了
落水鬼说我在旱地拔葱呢
落单鬼说我在温柔乡串门呢
食气鬼说有雾霾我就不吃气了
食风鬼说我改成食雅颂了
旷野鬼说我住得真窄啊
疾行鬼说把路都让给驴友吧
希恶鬼说人之初性本善
病痨鬼说想生病怎么这么难
罗刹鬼说海市我转包了
大头鬼说我是一只小小鸟
馋鬼说我就是吃素的

烟鬼说我嚼着木糖醇呢
酒鬼说再喝我就是个孙子
赌鬼说去赌城的机票偶退了
色鬼说看到女鬼我就烦
女鬼说其实我是人妖
牢骚鬼说我已云淡风轻
坑人鬼说我保证不再挖坑
老鬼说摇篮啊摇篮
小鬼说岁月啊沧桑
只有多嘴鬼一天没话
你懂的

花和尚鲁智深

挑滑车

我跳进镇关西
溅出了一摊污血
我跳进大相国寺
溅出了一伙泼皮
我跳进五台山
溅出了烂泥涂的哼哈二将
我跳进野猪林
溅出了两个魂飞魄散的解差

也许我吨位太重
每当我跳进一现场
总能把现象溅到场外
只有圆寂时
我才悄然坐化
跳进隐隐的夜潮
波澜不惊

急先锋索超

他们只是先锋到死
我先锋到了来生

来生也有交警
拦着我说:您超速了
我索了张超票

他们只是先锋队员
我先锋成了员外

员外也有里保
拦着我说:您超生了
我索了张超票

神行太保戴宗

挑滑车

我越跑越快
昨天在梁山
今天就到了京城

我越跑越快
上午在梁山
下午就到了京城

我越跑越快
端起杯在梁山
一仰脖就到了京城

我越跑越快
左腿在梁山
右腿就到了京城

我已经快得
能同时出现在
梁山和京城

还不用替身

黑夜继续公映

黑夜并没有给我提供
黑色的眼睛
当我赶到时
眼睛们已经散场
在黑夜的门口
摆放着一堆
已被挖掉的眼眶

我丧失了寻找光明的机会
但我可以坐下来欣赏
陷入黑暗的机会
是怎样亮过了光明

我挑了一副
挖得最深的眼眶戴上
它深得刚好
在我脑后凿出了
两只瞳孔

清明节

只有这一天
人和天空才会同时落泪

只有这一天
人间的雨才会落进阴间

只有这一天
阴间才会举起无数小伞
一只只拱出地面

赠魏新

在百日维新前,就有魏新
不过那是古代的魏新
在有了微信前,就有魏新
不过那是名字叫老了的魏新
在没有微信前,我就认识魏新
不过那时他是写了《四兄弟》的诗人
在有了微信后,我在微信里又遇到魏新
不过这时他是《东汉开国》的主讲人
我以为他和诗歌不过了,他以为他和诗歌不过了
好几年没写了,不过仔细一打量才发现
这只是短暂分居,诗还在心房里出出进进
我们合作了一首智取威虎山,发现
工农子弟兵不仅可以来到深山,还可以来到地摊
来到地摊才发现,我们不仅能写进深山,还能写进梁山
我们用诗写,于恺用书写,为新兴国诸兄用画写
这样做也不是什么创新,但有点维新
如果四个月我们交稿,就超过了百日维新
就像于恺喝大了,一直在说都错了
后来醒来一想,对我和魏新说,全对了

母亲

挑滑车

小时候见过母亲一张照片
扎着两辫子,脸上满是笑容
胸前佩戴着一朵大红花
据说她是当地第一个报名下乡的
和所有到过广阔天地的人一样
她历尽艰难才回到狭窄的家
每当我和父亲在饭桌上谈起来
她总是说别的事来打岔
但有时电视上播放知青连续剧
她也坐在黑暗中默默地观看

母亲一辈子不大会做饭
因为厨房里总有个忙碌的父亲
母亲一辈子不愿出远门
因为她不仅晕车,还认为
到哪里看到的都是一样的风景
到了晚年她更加好静
让我给买了一本很厚的辞海
天天坐在靠窗的桌前抄着
有一次见我去了就摘下花镜
问我一个生僻字会不会写

母亲总叮嘱我和弟弟要小心
小心别喝多了小心别说错了话

有时看我的诗还让我删一些字眼
我们就口头答应着,去年以来
她开始经常忘事,但更爱聊起往事
有一天她说起了煤气中毒
我当然记得,那年父亲出发了
我们躺在煤气弥漫的防震棚里
被邻居们抬出来放在地上
寒风一吹,我们仨活过来了

是谁发明了花生米

酒鬼们应当感谢他
让他们找到了通向醉的索道

花生油应当感谢他
让它们有了值得缅怀的前生

史迪威将军应当感谢他
让他的憎恨变得能反复咀嚼

子弹们应当感谢他
从此它们有了红彤彤的昵称

身体们应当感谢他
终于可以和沃土相提并论

林昭的母亲应当记得
朝脑壳里种花生五分钱一枚

动物读书日

国宝最勤奋
它的眼圈是黑的
可它把竹简读绿了
松鼠最小心
只有把松树抠成
一粒粒松子的铅字
它才躲进树洞里去读
企鹅最投入
为了读懂海洋
它常常跌下冰块的课桌
麻雀最好学
明知站在陇上的班主任
一肚子稻草
它还如饥似渴地扑进麦田
猴子最偏科
阅读盛夏的果实时
它只用胃去阅读殷桃
老鹰最学霸
不论白云乌云
它都能穿插其间
有时托雷公的福
它还能来个
暴风雨的硕博连读
蚂蚁最辛苦
一页大地

已经让它读了好几代
狮子最直接
作为丛林学的博导
它读光了羔羊和麋鹿
耕牛最怀旧
它常在寒假其间
反刍一下咽下的春天
丹顶鹤读成了红顶商人
白头翁读成了耄耋老人
蓝猫读成了黑猫警长
紫貂读成了鼬科代表
青蛙读成了王子
烤鸭考进了国宴
狐狸读得更狐媚了
老虎读得更老练了
鸡犬读懂了主子的脸色
从寒窗升上了天
鱿鱼由于读错了锅
经常被炒成标点
鹦鹉读着读着
被玩鸟的堵进了黄金屋
乌鸦读着读着
被打黑的追上了天涯路
还是蜘蛛最先进
它比人类更早地上网
知道粉丝会毁于蝇拍
怀疑会毁于微信

挑滑车

百年读书日

我们打开了网
八九十年代的打开了书
七十年代的打开了红宝书
六十年代的打开了大字报和白卷
五十年代的打开了仗
四十年代的打开了内仗
三十年代的打开了国门
把外寇读得只剩下了偏旁
二十年代的打开了国学
把辫子读得只剩下了中分
直到上个世纪初的讲武堂里
有人争着当第一朗读者
用霰弹把天朝读成了纸浆

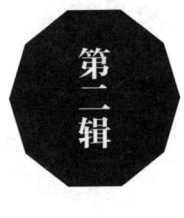

立地成僧

要不自由

挑滑车

和想自由的人不同
他真心追求不自由
他觉得自己太自由了
自由得都快散架了
自由得都快分裂了
想上天就坐飞机
想下海就去潜水
想醉有酒想睡有梦想跑路有驴友
想死有越来越高的楼
能不能给件栅栏穿在身上
能不能给件厄运套在身上
能不能给几面墙壁
把自己牢牢地
堵在自己而不是自由里
他索性来到街上
举起五个庞中华字体
我要不自由
巡警们傻了
他要的是不自由
不能用手铐成全他
城管们傻了
他要的是不自由
并没有在路上摆摊
卖多出来的自由

不能用秤砣问候他
行人们乐了
纷纷掏出苹果
把他悬挂到微信上
一个导游跳下了大巴
一把攥住他的手说
大哥说的对啊
自游有什么好的
又费力又费油
还是随我们的团吧
我们的旅程是星辰大海

冰川移动

通过中国移动
看了新疆阿克陶的冰川移动
公格尔九别峰北山脊山体发生移动
冰川移动体积达五亿多立方米
填埋上了当地的小盆地
共造成 15000 亩草场消失
100 多头畜牲失踪
59 户牧民房屋受损
看完视频才想起
没在 Wi-Fi 环境下上网
话费迅速从我部朝电信部门移动
我浏览了大约五分多钟
看了采访当地的艾克热木盆友
共造成 15000Kb 流量消失
100 多毛人民币失踪
写完后我一看挂钟
分针移动到 5 点 59 分

千里之行始于足下

发配到沧州的林教头
在山神庙前掏出剔骨刀
插入陆虞侯时
会不会冷笑着对他说
千里之行始于足下

避难到莫斯科的斯诺登
在伏特加前滚动鼠标
打开互联网时
会不会苦笑着对它说
千里之行始于足下

总统先生,一路走好

挑滑车

有被人搀着走的
有被人押着走的
有走进塑像的
有走进推倒的塑像的
有从红毯走的
有从血泊走的
有走得不声不响的
有走得枪声大作的
有走上法庭的
有走上家庭的
有走出了地洞的
有走出了地球的
有退休后跳伞过生日的
有退休后跳崖过忌日的
有连任后交给副手的
有连任后交给老婆的
有走水门的
有走拉链门的
有走资派
有走左派
有走进梦露的
有走进梦魇的
有走得像跛脚鸭的
有走得像独角兽的

有边走边秀肌肉的
有边走边秀赘肉的
有走了又回头的
有走了没头回的
不管怎样
总统先生,请一路走好

万事俱备

她没有孩子
但有一条叫诺伊的小狗
她早就找殡葬推销员
买了一块洪水淹不到的墓地
但还没有举行殡葬仪式
每到周末
她就带着诺伊来到自己的墓地
让它练习跪拜
后来她远远地跟在后面
发现它也能熟练地来到这里
她对它放心了
但对死神不放心
她担心他先去找到诺伊
使她的训练泡了汤
于是她选择圣诞节
自己先去找他

圣女

圣女不是贞德
是人民广场南边绝味鸭脖店里
一个披散着头发的姑娘
当她手脚麻利地称好鸭脖
把纸袋递给我
我听见邻摊的另一个姑娘喊她圣女
瞬间她脸上出现了坚毅的表情
不过也就一瞬间
然后她们就笑着拉呱了
我确信刚才那个坚毅表情
只是圣女两个字从喉咙的棚顶
打来的一道光

废墟上站着什么

——题于恺照片

废墟上站着屋顶
不过它已经被拆成瓦砾

废墟上站着空气
不过它已经被拆成呼吸

废墟上站着乌云
不过它已经被拆成暴雨

废墟上站着飞鸟
不过它已经被拆成羽毛

废墟上站着天堂
不过它不是人间的天堂

只要它敢落下来
就会被人类给摔成废墟

下辈子

在这辈子和下辈子之间
有一座候辈厅
活得不耐烦时
我常去那儿转转
好几次都遇见一个后辈
比我活得更不耐烦
举着酒瓶和胎盘
屡次跑到转世台要求改签
最后一次见到他
他已经通过产检了
在登上来生的舷梯旁
兴奋地朝我招手
我也只好高举双手
憾别这一位捷足先登的
下辈子的前辈

擦掉拉塞尔

提起拉塞尔
我脑海里就出现了两个拉塞尔
一个是在 NBA 打球的
一个是在 USA 写诗的
现在他们都爬上了岸
坐在我的大脑皮层里对话
虽然他们的母语相同
但是他们对母语的态度不同
前一个拉塞尔把它当篮球不断拍打
后一个拉塞尔把它当蓝图不断涂改
很快前一个就把后一个当成篮筐砸起来了
很快后一个就把前一个当成草稿擦起来了
他擦掉了他的双腿给他画上了一副轮椅
他擦掉了他的英俊给他画上了一脸皱纹
这些前一个都能接受坐在轮椅里不声不响
但是最后他开始给他擦手
擦掉了他手上的十一枚冠军戒指
运动员拉塞尔恼了
那是他当九年运动员两年教练挣来的
他用骤然轻了的双手抓住了诗人拉塞尔
要把他扔出我的脑袋
虽然吾爱篮球但更爱诗歌
不能让他把灵感扔出我的脑门
于是我赶紧让一名志愿者从键盘跑进赛场

用墩布擦地板也擦掉了愤怒拉塞尔
现在剩下的这个受惊拉塞尔
坐在我的后脑勺不停擦汗
就像一个匹诺曹版的江淹

董卓究竟有多重

挑滑车

不知道董卓生前
能不能反手够着肚脐眼
但是根据裴松之注解
我们知道他死后被守尸吏
在肚脐眼里插了灯芯
在灯芯绒幸福的舞蹈中
被点了天灯
光明达旦如是积日
根据度娘介绍
脂肪的 energy density
是 $3\times 10^7 J/kg$
能够光明达旦
虽然比不上光明顶和冬日暖阳
亮度也远超倒点蜡烛
应该相当于 1000 瓦的灯泡
假设积日为三天
则耗能为
$3\times 10^5 s \times 1000W = 1.5\times 10^8 J$
脂肪燃烧后
转化成光和热得效率约为 30%
得出他肚皮上的脂肪约 30kg
根据 2000 年人卫版《人体解剖学》
普通人的脂肪含量 20%
胖人的脂肪含量 30%

但是 30% 不会都麇集腹部
肚子约占体重的 20%
假如平均脂权的话
肚子所得的脂量是体重的 6%
这样推算下来
得出董卓的体重为 380kg
和迄今为止发现的最胖之人
所保持的 640kg 尚有一定差距
不过在饿殍遍地的三国
应该能跻身三甲

洗澡

趁着织女洗澡
抱走她的纱裙
这是牛郎

趁着纱裙洗澡
抱走它的西施
这是范蠡

消息树

在放倒鬼子之前
先要放倒树
如果鬼子摸进村了
树还没倒
就说明
那个蹲在树荫下打盹的哨兵
真的把它当成了一棵树

道士下山

皮肤就是我的道袍
手就是我的拂尘
离开道观后
才发现道观无边无际
我要去的道路
正在我身上走着

挑滑车

撞鹿

西雅图旁边的雷德蒙德
微软的总部
道路并不宽广
两边是树林
经常有鹿穿过马路
小迎发来图片说
开车时经常有写诗的冲动
但是不敢分心
恐怕撞到鹿
就是说灵感在她胸中撞鹿时
她为了不和现实撞衫
就要停在路边
在鹿温柔的注视中
让胸中的鹿出来

墨菲定律

在林中漫步
最容易遇见熊
因此背包里要放上喷剂
背包外面
要挂上一个铃铛
后者提醒熊有人路过
前者可以在和熊撞脸时
给它来个胡椒面膜
去冰川国家公园的路上
小迎进去买了一瓶
售货员和她开玩笑说
有了这个
按照墨菲定律
你不会遇见熊了

鹿特丹

小迎家后院有棵苹果树
一到秋天就结满果子
有些熟透了的就掉到地上
在阳光下发酵
一天早上
小迎发现了一只鹿
躺在苹果树下
走近后发现
鹿在轻轻地打鼾
脸已经红了

大海也有志愿者

大海波纹太乱了
有些鱼就脱掉鱼肉
用鱼刺
给它梳理

夜观星象

据说冥王星已经
被人类近距离观察过了
但这人类中不包括我
我还是只能站在地球上
看星星在夜空眨眼
但今夜刚下完雨
所有的星星都看不见
这又有什么呢
我知道它们在我视野外眨眼
就像看不见的亲人
正在另一个世界对我眨眼
就像不在身边的朋友
正在远处对我眨眼
我对着天上人间和地下
连着眨了三次眼
在各自的夜空中
我们互为星星

米饭

从古到今
米饭就是人类糊口的纸张
有个别人用肉池酒林糊口
很快就被糊不上口的人冲上来
撕成了碎片
有些战乱饥荒年
田野里印刷不出来米饭
人只能用树皮观音土甚至西北风糊口
很快就被饥饿撕成了碎片
到了无纸化时代
人类手里握上了鼠标
但胃里还居住着仓鼠
就算雾霾糊住了天空
口罩糊住了嘴巴
你随手扯掉一只
口罩下面
还是一碗刚咽下的米饭

立地成僧

八一年
我们都迷上了
加里森敢死队
尤其是里面那个
善于扔飞刀的酋长
我们也扔起了飞刀
朝着校园的树和同学
后来放到第16集
就不准再播了
但还是有树和同学
被当成了靶子
直到八二年
少林寺风靡全国
大家才放下飞刀
恢复了拳脚

另一个上帝

既然他们用开普勒望远镜
发现了另一个地球
那么他们很快就会发现
另一个上帝
他和现在这个上帝相距 1400 光年
因此不用担心撞脸
他的身材是现在这个上帝的 1.6 倍
因此没法躺在圣母怀里
他一年比现在这个上帝多出三个礼拜
因此他的信众不管三七二十一
拉黑了地球人
使那些在宜居区外自作多情的眼睛
一下子被破墙而出的秋千踢翻

减少

撸串时我减少了羊
可草原一点没有觉察
冲澡时我减少了水
可大海一点没有觉察
书写时我减少了树
可森林一点没有觉察
喝茶时我减少了普洱
可云南一点没有觉察
走路时我磨损了路
可我不是掀翻它的最后一辆货车
骑马时我压迫了马
可我不是压倒它的最后一根稻草
我切菜使青菜在减少
可更多菜农涌上了街头
我喝酒使泡沫在减少
可更多酒嗝涌上了喉咙
我用太阳能掠夺过阳光
可太阳的金币一点没有减少
我用刮雨器扫射过暴雨
可乌云的营房依然兵强马壮
地球减少成地球村
可村里的人还老死不相往来
白日减少成白日梦
可梦里的人还闹得鸡犬不宁

人的寿命在减少
可投胎的机率在增加
人的欢乐在减少
可哀乐的音量在调大
当人被火焰一把攥成骨灰
正在钻井涌出的原油
一点没有觉察

挑滑车

手机

在古代
手就是手机
可以挥别
可以作揖
可以指腹为亲
等于光棍节抢购
可以指鹿为马
等于美图秀秀
可以写衣带诏
向有武器的求助
等于打110
可以在手心写个火
然后给对方看
等于发私信
可以击掌相庆
等于扫一扫
可以指桑骂槐
等于摇一摇
可以对着鸿门
一摔玉玦
等于群发消息
幕后的刀斧手
登时就跑过来
把包好的这位红人
用刀斧打开

不过火焰,你打乱了我的人生规划

挑滑车

我本来是去进京赶考的
谁知遇到了比武招亲
不得已上台比划了几下
招亲就招亲吧,招亲没什么不好
兴许还能生一个小状元
不过姑娘,你打乱了我的人生规划

我本来是去马革裹尸的
谁知遇到了鸣金收兵
不得已折返回了大本营
收兵就收兵吧,收兵没什么不好
兴许还能发一些遣散费
不过将军,你打乱了我的人生规划

我本来是去金光大道的
谁知遇到了凿壁偷光
不得已用锤子撞了一下墙
偷光就偷光吧,偷光没什么不好
兴许还能见到邻家小妹
不过匡衡,你打乱了我的人生规划

我本来要把牢底坐穿的
谁知遇到了天下大赦
眼见得大家都冲出了牢房

大赦就大赦吧,大赦没什么不好
兴许还能写本盗墓笔记
不过监狱长,你打乱了我的人生规划

我本来是去笑傲江湖的
谁知遇到了天下大旱
眼见得江湖晒成了梯田
梯田就梯田吧,梯田没什么不好
兴许还能滚下空降的水军
不过旱情,你打乱了我的人生规划

我本来是去闻鸡起舞的
谁知遇到了禽流感肆虐
眼见得鸡鸣升级成了闹钟
闹钟就闹钟吧,闹钟没什么不好
兴许还能闹一场武陵春梦
不过疫情,你打乱了我的人生规划

我本来是去妙笔生花的
谁知遇到了江郎才尽
眼见得好多花儿都谢了
谢了就谢了吧,谢了没什么不好
兴许还能被评为最美客气哥
不过江淹,你打乱了我的人生规划

我本来是去西天取经的
谁知遇到了东方不败

眼见得好多妖怪都跑了
跑了就跑了吧，跑了没什么不好
兴许还能到普吉岛当上人妖
不过不败，你打乱了我的人生规划

我本来是去破釜沉舟的
谁知遇到了厨娘当道
不得已加演了无数次别姬
别姬就别姬吧，别姬没什么不好
兴许还能多吃点乌江榨菜
不过厨娘，你打乱了我的人生规划

我本来是去卧薪尝胆的
谁知遇到了抱薪救火
眼见得卧榻烧成了灰烬
灰烬就灰烬吧，灰烬没什么不好
反正早晚都要躺在里面
不过火焰，你让我尝到了更苦的胆

耐心

愚公用手工移山
精卫用小石子填海
孟姜女用一滴一滴眼泪
凑成冲垮长城的洪水
刽子手要割三千六百刀
才能剜到袁崇焕的心
铁棒磨成针
罗马不是一天建成的
为了在玄武门射死建成
世民隐忍了十八年
为了买到回家的票
民工过了中秋就开始排队
回乡等了五十二年
西路军团长王泉媛
才被确认为西路军战士
过了这个村
绕地球一圈才能回这个店
尾生等到变成鱼
才看见大桥下面的姑娘
开普敦望远镜上的新地球
和地球相距了1300光年
人间发生的每件事
都在考验人类的耐心
我写的这首诗
对世界之窗的影响
目前肉眼还看不出来

小狗圆舞曲

乔治·桑的小狗
和别人养的没什么区别
都喜欢追着自己尾巴打转转
但乔治·桑的情人
比别人的情人更会弹钢琴
他用波兰的双手
把小狗的步幅
从红木地板搬到了黑白琴键上
从此全世界喜欢音乐的情人
都听到了这支曲子
从此全世界喜欢追尾的小狗
都听到了这支曲子
听完后
追得更欢了

东坡肉和唐僧肉

东坡肉人喜欢吃
唐僧肉妖怪喜欢吃
东坡肉是东坡发明的
唐僧肉是承恩发明的
东坡肉的原料是八戒
唐僧肉的原料是他师傅
东坡肉出现在北宋
唐僧肉出现在大唐
东坡肉肥而不腻
唐僧肉求之不得
要想吃东坡肉
得先过厨子这道关
要想吃唐僧肉
得先过猴子这道关
厨子很好买通
猴子非常难缠
东坡肉屡屡被吃
还是源源不绝
唐僧肉屡屡脱险
还是上了西天
吃过东坡肉的
可以写论持久战
想吃唐僧肉的
全都被悟空打翻

东坡自己就常吃东坡肉
唐僧除了取经前
写血书咬破过食指
此后就再也不吃自己
东坡肉传到西方
长生不老了
成了招牌菜
唐僧肉回到东土
坐化圆寂了
成了舍利子

林肯轿车

林肯总统没坐过林肯轿车
但林肯轿车一直载着他的盛名
它的商标是矩形中一颗星
表示林肯曾为废除奴隶制启明
它的发动机夹角56度
代表林肯的寿命
为纪念林肯统一北美大陆
它在1939年首推车型就叫林肯大陆
1961年为了更接近他的外貌
又恢复了尖棱尖角的车体
七十年代石油短缺
林肯公司像林肯做过的那样
身段开始向民众倾斜
八十年代全球城市化之后
林肯城市大行其道
在世界各地飞奔
一直飞到新世纪的斑马线
自罗斯福开始
林肯轿车就是总统专车
最出名的还是肯尼迪那辆
和林肯的遭遇相同
在杰奎琳陪伴下
他乘坐着它
检阅了枪声

军港之夜

当时我还没见过军港
没见过海浪和战舰
一家四口人住在防震棚里
夜里常做地震的梦
感到大地在剧烈地晃
总是母亲摇醒我
擦去我嘴边的咧涎
父亲拎着棉裤的两只裤管
对着煤球炉子烤热
然后麻利地
套进我从被窝里伸出的双腿
那时我个子小
站在比我高的同学后面
需要踮起脚才能看到
留着稀刘海的音乐老师
她唱的时候身子微微摇晃
我们也随着微微摇晃
海风你轻轻地吹
海浪你轻轻地摇
她脸上的两片朝霞
映红了我的童年

有没有一扇窗能让你不绝望

最近经常看到
高空抛物砸伤路人的报道
有时甚至还有高空抛人
看到一个图片
一个用过的安全套
竟然洞穿了路车的车窗
这让我走路时
尽量避开悬在头顶的窗口
今天在视频上
又看到某服务窗口
工作人员用杯子砸人
才知道平地的窗口也不安全
还是古时候好哇
绣楼都盖得不高
窗口一打开
就算掉下来一个丫鬟
也会爬起来掸掸土
给你和小姐牵线

乌鸦放飞人类

荷包

自从 1974 年克鲁伊夫领衔的荷兰队
惜败于西德之后
历届世界杯的悲情英雄
几乎被荷兰队包圆
现在人们最担心的是荷兰夺冠
担心那个已经编织成无冕之王的荷包
破了口子

彩电前传

那时没有彩电
就用一张三色塑料片
贴在黑白电视机上
上面红中间黄下面蓝
如果电视上正播出大海
我们就可以看到
晚霞映照碧海黄沙
如果电视上是特写镜头
我们就看到这张脸
不论是好人的还是特务的
都是三色的

别让李自成跑了

别让李自成跑了
别让李自成跑了

自从他跑出了京城
沿途听到的都是这句话

脆生生地把他从闯王
逼成了一名跨栏运动员

跨过大清铁骑这道栏
跨过吴三桂追兵这道栏

跨过前明官绅这道栏
跨过自己的叛军这道栏

一直跑到了九宫山
他才腾出手擦了一把汗

没想到山坳里又出现了
民团乡勇这道栏

别让李自成跑了
别让李自成跑了

他实在跑不动了
本来想就地玩个假摔

没想到被这群农民
用锄头砸成了一张红牌

不是每次旅行都能说走就走

他一进子宫就想转头就走
被一枚卵子拦了下来

他一进人间就想转头就走
被一名护士拦了下来

他一进家庭就想转头就走
被身后的弟弟拦了下来

他一进学校就想转头就走
被面前的班主任拦了下来

他一进工厂就想转头就走
被几个工头拦了下来

他一进爱情就想转头就走
被现在的老婆拦了下来

他一进家长就想转头就走
被逃学的儿子拦了下来

他一进中年就想转头就走
被白发苍苍的父母拦了下来

他一进晚年就想转头就走
被两条类风湿腿拦了下来

马龙之死

一看新闻标题
把我吓了一跳
以为是爵士队的邮差死了
打开一看才知道是摩西马龙
不是卡尔马龙
去吧,摩西
你用福克纳的身位
挡住了贝克特的乌龙
使他可以继续在阿肯色回味
总决赛的败绩
他给篮筐送了很多球
给乔丹送了很多麻烦
给我们送了很多精彩瞬间
作为邮差他是称职的
退役之后
很久没收到他送的邮件了
没想到今天车铃铛一响
他送来了一场虚惊

童年没有上帝

名字还是天主教堂
里面已没有了天主像
文革时期
教堂的院子成了剧团大院
教堂里面成了排练场
坐在高大穹顶下的马扎上
我们看大人彩排样板戏

八十年代后期
剧团搬迁了出来
教堂又恢复了天主教堂
有一年圣诞节我进去过
里面烛光摇曳
神父站在以前的彩排台上
我突然感到自己的童年
一直有上帝缺席

路过丹麦

在丹麦边境的公路上
一个全副武装的丹麦男警
在和一个叙利亚小女孩玩耍
路边坐着躺着一伙
刚从战火中跑出来的难民
他们和那个国家的其他人一样
都把家产换成了盘缠
把自己变成了盘缠
随便被路带到任何地方
他们看着男警和小女孩
在路上玩得很欢
也想加入藏猫猫游戏
不管是藏到瑞典还是德国
只要灾难找不到就行

传习录

"给我点鱼子酱"
"鱼子酱关门了"

"那给我点闭门羹吧"
"闭门羹在地里生长呢"

"用镰刀去收割些"
"镰刀已穿在你身上了"

"给我脱下来吧"
"脱的手刚刚截肢"

"快叫个大夫"
"大夫过期了"

白令海峡

"水漫过了我的脑海"
"两个海应该找个桌子谈判"

"搬运海峡的去搬运风暴了"
"这倒是解雇乌云的最佳时机"

"还有能靠岸的岛吗"
"只能火线提拔暗礁了"

"不懂水性的上帝凭什么纵容水"
"这个问题已被海盗抢走"

"厌倦是我的航线"
"在讣告里不要抒情"

差点成为凯撒

"曾经我差点成为凯撒"
"那我倒可以给你做传令官"

"可是我马失前蹄"
"是草原没装修结实"

"现在是我的牢房吗"
"你的牢房根本没有现在"

"人类最近都忙什么"
"用番茄酱种植番茄"

"给我一扇世界之窗"
"正抽打你的嘴呢"

场记

"他们说静默可以成山"
"如果遇到愚公还可成肉酱"

"他们说血不会白流的"
"是的,流多了要交流量费"

"他们说掉粉可以补仓"
"那么粉碎就是一派丰收景象"

"他们说一切都会过去"
"过去他们从不会这样说"

"他们说要普及广场舞"
"先普及去广场的路吧"

上海滩

漫步江边
看到滩涂上有鸟影起落
对岸依旧万家灯火
如果仔细分辨
从穿梭的人群中
也不难找到许文强与程程
只是江水中
多出了一艘艘
高挂着霓虹的广告船
把昔日的浪奔浪流
给碾平了

挖坑游戏

自从秦朝开了先例
历代君王都和知识分子
玩起了挖坑游戏
有的挖得太浅
站在坑里的知识分子
露出了没有马甲线的腹肌
有的挖得适中
知识分子刚好可以
趴在书桌一样的大地
他们在草根上奋笔疾书
完了还亮亮沾满苔藓的胳膊
有的挖得深了
只露出了圆乎乎的脑袋
他们只好道白以目
有些个子矮的
已被泥土淹没了头顶
他们去岩浆里打捞呼吸
有时坑挖得实在是太深了
甚至挖穿了地球
个别吨位重的
一下子就漏了出去

机舱里的海

没有手机玩了
中国人便一动不动
像一排排礁石
老外也被这气氛感染
压低了嗓子眼里的字母
像沉到深海的鱼
只有送餐车的涛声响起时
目光闪烁的海面上
才远远飘来
一两朵空姐

路过洒水车

临沂的洒水车
行驶中只播放两支曲子
一支是《兰花草》
一支是《沂蒙山小调》
每次听到《兰花草》
我都觉得徜徉在台北的街道上
只有听到《沂蒙山小调》
我才感到重回老区的马路
有次在十字路口
竟然看到两辆洒水车
从不同方向缓缓驶来
而且播放着不同的曲子
这一刻
两岸的道路提前
在我脚下统一了

昨天丢失的东西今天都能找到

挑滑车

盛兴昨天丢失的钱包找到了
昨天丢失的房卡找到了
钱包还在昨天坐过的椅子上
房卡还在昨天面对的桌面上
除了经过夜色的浸泡
它们什么都不少
一打开还能抽出人民币
一插门还能进入房间
昨天脱下的袜子也找到了
昨天背过的包也找到了
昨天见过的人马上又汇聚到餐桌
从八点半就开始喝起来
纷纷找回昨天的酒量
但大家找不到盛兴了
他循着原路继续寻找去了
前天刮过的胡子又回到腮边
上周写过的假条又跳进手心
上个月见过的女人又朝他走来
他也找回了上个月的表情
继续朝前走就看到马年的中国了
走到庚申年就看到猴票了
那时盛兴才两岁
还刚刚学会走路
但还是坚持蹒跚朝回走

他要找回被护士丢掉的胎盘
被岁月夺走的母亲
然后穿在身上
再也不会离开

如果人也冬眠

挑滑车

如果人也冬眠
那么此刻地球上飘荡的
就不是枪声而是鼾声
所有的战争都像松子被塞进了树洞
明年开春一打开
有的已经孵化成了和平
冬奥会取消了
过年真成了白日梦
圣诞老人在西方人的袜筒里
放上了一盆盆洗脸水
好让他们在情人节前醒来
光棍节的天猫真的变成光棍
所有的鼠标都不再眨眼
没有一个陪它玩的
各国元首们入冬前
要给一些蠢蠢欲动的大臣打预防针
免得他们提前从梦里爬出圆了篡权梦
由于冬眠时间不同
地处非洲的黑种人全成了白领
他们及时利用时间差
到无人把守的花花世界嗨皮一番
不过花花公子睡了
白雪公主也睡了
他们没有观众

在高楼大厦间穿梭
和在热带丛林里撒丫子跑一样
一转头看到的
还是眼皮打架的队友

语言习惯

台湾政治人物讲话
喜欢自称名字
譬如马英九经常说英九要怎样
陈水扁经常站在台上喊
阿扁错了吗
已经参选的蔡英文
在街头拜票时反复地说
英文得继续努力
路过的大陆游客听了
还以为她外语不行

世界厕所日有感

饭桶与马桶的连接处
总是焊接不牢固
这个技术瓶颈
连厕研专家自身也无法克服

倒人，请注意

挑滑车

毛毛雨从他身上撤退
唰唰地回到乌云
摔断的腿骨又连上
把他支撑起来
飞升到了楼顶
拽着他衣角的特警
迅速跑回楼道
和一大伙人离开现场
他用后背撞开门
哭得昏厥的女人
迅速抹干眼泪跑回沙发
一个开核桃的不锈钢夹子
从他额角飞出
把正在震怒的女人
砸了一个趔趄

一个郁郁寡欢的国王

从前有个国王
嫌国土面积太大了
就用压缩机
压缩成原来的十分之一
这样他用一天时间
就可以巡视全国
回到王宫后
会睡得很踏实

可是这样一压缩
耕地被挤扁了
商铺被挤扁了
青楼被挤扁了
县衙被挤扁了
那些侥幸脱险的
农民商贩妓女官员
纷纷跑到京城讨说法
把国王吵烦了

不得已他用扩张机
又把国土撑开了
那些人又退回到原籍
心情好起来的他
用一天时间

开始巡视后宫
发现那些刚挤瘦的嫔妃
又恢复了丰乳肥臀

挑滑车

破贼论

破山中贼易
破心中贼难
是因为心中贼的压寨夫人
多得组成了娘子军

路边一瞥

路边躺着一个
穿破军大衣的男子
头发蓬乱
脸埋在大衣领子里
腿一伸一屈着
我以为是个喝醉的流浪汉
当看见离他手半米处
有一根鸡毛掸子
才明白他也是
累倒在工作岗位上的

小年一瞥

牛头就站在马路牙子上
眼睁睁看着自己身上割下来的肉
被人一包包拎走

小年印象

水果吹着喇叭
正在叫卖小贩
牛羊们正在合力
把卖肉的挂到铁钩上
后备箱里的年货
摸着了方向盘
把回头惊呼的驾驶员
拉得越来越远
站在架子上正朝行道树
挂灯笼的市政工
突然被树枝举起来
扔向了天空

视力有限

其实在窗外
有车祸有战火
有很多人在倾轧
在交媾
在叙利亚消失
北极的冰面上
很多企鹅在跳水
但我视力有限
只能看见马路上
人正常的行走
斜对面的羊肉馆
烟囱开始冒烟
对过的九州超市
广告牌上的蔡依林
举着一瓶冰镇可乐

勺子除了吃饭还能做什么

勺子还可以踢球
世界杯上齐达内就是用一记勺子点球
把布冯给戏耍了

勺子还可以打仗
菜园子张清在给大哥们做大锅菜之余
也举着勺子冲进了祝家庄

勺子还可以挖材料
战争时期一个锅里摸勺子的到了和平年代
用勺子挖起了当年各自的病灶

勺子还可以炼钢
反正都已经揭不开锅了
他们索性把勺子铲子扔进了土制炼钢炉

勺子还可以写诗
天下盐的二毛就是边掌勺边用勺子击打锅沿
敲出过几首活色生香的莽汉

勺子还可以布阵
每次和高手过招丘处机总是先来个苏秦背剑
那六位同门便合纵连横成一个北斗七星

勺子还可以鉴宝
如果你有一把鸿门宴时用过的勺子
收藏家们就会挤掉脑袋去见你这个吕马童

勺子还可以励志
医学院把屠呦呦熬青蒿的勺子挂到黑板上
很多学子就把耐克鞋的方向调成了瑞典

勺子还可以逃生
在驾驶室里常备一把勺子
可以在高速公路变成水库时启动破窗效应

勺子还可以炒掉炒股
二次熔断后你想跳楼一看手机上的勺子屏保
耳边会响起你老婆喊你回家吃饭的乡音

勺子还可以呼麦
来自草原的一支乐队可以用任何道具做乐器
穹窿形的勺子恰好共鸣出杭盖的回声

勺子还可以做创可贴
正在挥舞工兵铲的炊事员突然发现锅成了漏勺
连忙拎起勺子堵住了喷射的火舌

勺子还可以打酱油
八十年代的阳光照在需要它的小卖部里
戴套袖的售货员用木勺搅动酱缸

勺子还可以挖耳朵
耳朵痒痒的牛魔王找不到铁扇公主的指甲
就抄起一把勺子做执牛耳者

勺子还可以做护心镜
杨排风抡着烧火棍大破天门阵时
别在前胸的勺子为她挡住不少小番的刀枪

勺子还可以做反光镜
炊事班车轮滚滚去前线送完给养
归来路上可以举着两把勺子反射追兵的子弹

勺子还可以做自拍神器
把不锈钢勺子平伸到你的眼前
立马就能把冬瓜脸削整成一张鸭蛋脸

勺子还可以开瓶盖
撬开百威的嘴后泡沫会横溢进勺子
这样再吃起沙拉来就有一种啤酒花的芳香

勺子还可以指南
把它放在磁铁上如小彩旗小旋风般转啊转
最后总能被和煦的南方抓住把柄

勺子还可以做罩杯
车展时看到一位车模胸前隆起两只铁帽子王
所有的无冕之王只得用狂拍致敬

寒流帖

寒流终于像蒙古骑兵大举进犯了
在行人头上都搭上了纯棉的帐篷

小公举再也不呼唤千里之外了
他们翻出毛裤套在腿的双截棍上

冰雪昨夜就提前铺上了白地毯
希望车祸今晨不要再铺红地毯了

寒流可不是来走秀炫肌肉的
它要把人类的肌肉摸出鸡皮疙瘩

那些自称寒舍的可以开门揖流了
那些自称寒山的可以跺跺山脚了

他们发现和寒流敲击大地相比
自己敲击键盘的手有点冷

花朵咳嗽帖

小雷从小就耳朵好使
能听到花朵咳嗽
夜里他常叫醒妈妈
让她给花看病
所有盆花被小雷用感冒冲剂浇灭后
他妈的养花兴致也没了
天天领着他去耳科门诊
用了多种方法
最管用的还是把耳朵堵上
现在的小雷戴了好几层耳塞
拿掉一层
他就能听到整栋楼的说话声
再拿掉一层
他就能听到整个朝阳区的喧嚣声
他曾做过裸耳测试
可以倾听到各地传来的动静
和沿海登陆的海啸
新闻联播前半段他根本不用看
只有想听叙利亚轰鸣时
才打开电视

快雪时停帖

尽管气象局反复声明
大雪和窦娥无关
但大雪还是反复
下在窦娥身上

孟郊过年

慈母手中线
是孟郊身上衣

他妈只要攥着线头一扯一扯
他就衣衫褴褛地回家了

孟郊的困惑

他和李白之间
只隔着一道围墙
去拆时才发现
他和围墙之间
还隔着好多首李白

养弹皮

上帝的炮台上
有一位老炮儿
每天凌晨
他都要把一枚硕大的肉弹
对准人间打出去
爆炸之后
就会在空中散成无数只小鸟
有的穿过玻璃溅到阳台上
阳台上的人
就会把这片炮弹皮
放进笼子里
养起来

乌鸦放飞人类

上半场
人类放飞乌鸦
耗时五千年

下半场
乌鸦放飞人类
也是五千年

唯一不确定因素
是中场休息
人类和乌鸦交换队服后
羽毛太紧了

下半场会有很多人类
在空中撑破翅膀
跌向大地

伤停补时
无法预计

炒米豆

炒米豆之前，首先要弄清米豆的来历
是正大光明从超市刷卡买来的，还是偷偷摸摸
从菜地顺手牵来的，是国产的米豆
还是海外的米豆，是今年新生的，还是去年库存的
是转基因的，还是大自然的，是用手指摘的
还是用机械手摘的，摘的时候天下雨了吗
雾成霾了吗，是盛世的米豆，还是乱世的米豆
是姓米的米豆，还是姓豆的米豆，长大之前
享受化肥了吗，享受碱水了吗，有没有童鞋
对着它撒过尿，有没有老牛对着它反过刍
它来自哪个村庄，是本地的，还是外省的
是坐地排车来的，还是坐拖拉机来的
还是从飞机空运来的，在空中的时候
它和小伙伴们是不是被天上的白云惊呆了
没有想到天堂的蔬菜是没根的，是没人敢出舱去摘的
是不是它羡慕那些率先和肉丝一起进入空姐的米豆
为什么它们要消失在天际，而它要来到人间
在炒米豆之前，要看看米豆的外形，是不是够绿
是不是够长，是不是没有虫眼，没有雀斑
是不是一掰开就吧嗒一响，从不假唱
如果择米豆把米豆拿反了，是不是就像歌星拿
　　反了麦克风
球星拿反了网球拍，流星拿反了飞行轨迹一样尴尬
米豆蹦出来的豆是不是也叫米豆，如果叫的话

那这个没有了豆的瘦长的身体又叫什么
难道叫豆的躯壳，豆的衣裳，豆的棺柩
米豆有没有智商，有没有脑浆，如果有
那么会不会分成憨豆和机灵豆，机灵豆再机灵点
就能逃过人类的嘴巴吗，就能折返跑回植物界吗
米豆会不会自杀，会不会在人类的屠刀举起之前
　　自行了断
不论油炸还是凉拌，人类对付的不都是米豆的尸体吗
会不会有的人在杀米豆之前突然反战，跑到书房
写一篇止战宣言，面对塑料袋的米豆读上一遍
然后和里面走出的米豆一一握手，一起等待天黑

来人间踢馆

姥娘做的饭

姥娘不识字
也不会讲童话
除了在堂屋蹬缝纫机
就是在锅屋烙煎饼
我们吃了她做的饭
然后去上学上班
后来二姨走了
吃不到她做的饭了
后来她三个儿子都成家了
很少吃她做的饭了
后来她躺了九年
开始吃姥爷做的饭
各家送的饭了
后来她走了
不吃人间的饭了
而我们还留在人间
继续吃各种各样的饭
最后把她做的饭
压到了箱底

磨刀不误钟点工

过年前
找了一个钟点工
清理厨房
谈妥价格后
他就蹲在厨房门口
打开帆布包
磨磨蹭蹭掏工具
后来竟摸出一把刀
仔细地磨起来
我只好过去制止
正告他请他来的目的
不是烹饪
而是打扫卫生
他抬头朝我笑了笑
说最后计费时
会把磨刀时间砍掉

点名

对着旷野
我大叫一声
春天

无数小草
从土里钻出来
齐声喊

到

雁过也

每当春天
穿着大雁的人字拖
走到北方
我仰起的脸
总被它
踩上几道屐痕

路转粉

挑滑车

潘安出行
最怕遇到路转粉
扔来的水果
每次都把他的爱车
砸成了一座超市

嬴政出行
最怕遇到粉转路
扔来的大铁椎
每次都把他的副车
砸成了一堆齑粉

鸣谢

我心里停着好些架希望
正愁没有油料升空
多亏绝望偷袭
把它们全炸飞了

解放路和尚

一个和尚
从解放路向西走
和我打了个照面
我不知道他什么时候
走进了和尚
什么时候走出和尚
只看见他正在和尚里
摇头晃脑
走在了一条
和尚的解放路上

长跑花

大多数花朵
从枝条跑到枝头
就停住了
只有极少数还继续跑
一直跑到天上
跑到天女的指头上
才怒放

陈涉使家

我住的小区附近
就是我上过的中学
经常在回家时
遇到洪水一样的学生
从校园涌出
涉过这片齐肩深的大泽时
我总是揭腰杆而起
努力保持住身形
生怕一跌倒
背上就多出一座
离岛般的书包

三八节傍晚去看云

其实我是这样想的

哪片云看我
我就去看哪片云

抬起脸来才发现
好像很多云都在看我

其实云也是这样想的

哪个人看它
它就去看哪个人

当它在人间飘过
却发现很多人都在看它

只不过有人用眼睛
有人用头顶

不捉住两个特务玩玩脚板子就痒痒

挑滑车

这些年这些只特务一样的鞋子
一次次在我脚板的眼皮底下溜走

每次我都狠狠把它们踩在脚下
可它们还是在每一个拐角处逃走

在马路上我曾把皮鞋磨出了窟窿
在山路上我曾把旅游鞋踢得不成样子

可它们还是获得了喘息之机
在垃圾桶和山脚下逃离了我的视线

还有那些脚底下抹油的滑冰鞋
总是在冰面上用趔趄挣脱我的捆绑

还有那些当年草上飞的足球鞋
总是在绿茵上用假摔攻破我的耐心

形形色色的特务让我防不胜防
这些红鞋蓝鞋黑鞋白鞋斑点鞋驳色鞋

暗中去接头的特务让我头都大了
这些虎头鞋尖头鞋圆头鞋老头鞋三接头鞋

还有里通外国的耐克鞋阿迪鞋彪马鞋
还有里通动物的袋鼠鞋骆驼鞋红蜻蜓鞋

我要在鞋柜里设立涉外涉动涉猎集中营
才能把它们一一甄别关在档案关在悬案里

为了让它们不出破绽我还大搞平衡术
把它们分成左派和右派保皇派和逍遥派

可它们还是改不掉见风使舵的习气
一行驶到门厅的公海总是想甩掉我就跑

在它们眼里拖鞋已经不是它们的人了
已经被我策反成为线人对我亦步亦趋了

其实它送我到莲蓬头下是想洗白我
其实它送我到富安娜上是想放倒我

有时我也情愿光脚的不怕穿鞋的
做个赤脚大仙赤脚医生海外赤子多好

光着脚站在云头上牛粪上牛津上
世间纵然有万千鞋厂万千特务与我何干

但重于泰山的责任心总是吧嗒落到脚心
不捉住两个特务玩玩脚板子就痒痒

于是我就踏破铁鞋到处去踩踏特务
于是特务就咸鱼翻身一次次在我脚下溜走

也许只有火焰给我脱掉鞋子的时候
我才能结束这没有魇足的反特生涯

但现在我还得一次次的打开鞋柜
让这些特务把我走路的兴趣一次次偷走

解剖麻雀

从小他们就教我
解剖麻雀

我的确也学会了
解剖麻雀

遇到的每件事
我都看成麻雀的内脏
认真解剖

但还是有意外
猝不及防地袭来
像从麻雀体内穿过的铅弹

差点把我解剖

胶囊公寓

城市吞下了一大把
胶囊公寓
果然止了泄

一些正涌向城外的
流动人口
攥着招租广告

回来了

白 78

李世石用白 78
在阿尔法身上扳回一局
可在与命运的对弈中
你有可能走不到白 78
就没了棋盘
你必须在白 68 半白 58 黑 48 之前
战胜命运一回
这不是扼住它的喉咙
只是为了让扼住你喉咙的手
松一松

来人间踢馆

挑滑车

当初我一甩胎盘
跳上人间
浑身充满踢馆的力量
那些戳在历史上的人物
晃在当代里的人物
通通不在话下
仿佛只要我一起脚
他们就通通跌倒

现在我已经
踢断过无数只脚
无师自通成了接骨师
每天一醒来
在穿鞋之前先要在脚踝上
穿上昨晚刚接好的脚
我根本不想踢馆了
可馆还在踢我

每天我抬起腿
伸出粉碎的脚
无非是向看馆人
出示一下我的票

梦见一个大个子

当年我和他
都喜欢他班的一个女生
不过都没成功
毕业前他找过我
说曾想和我打一架
我苦笑着说
就算我们打一架又能怎样呢
然后像两个败军之将
在河边相对无言
梦里的他老了
胡子拉碴
拽着我一起去酒馆
我劝他少喝
不然情绪会失控
他转过身猛晃着我的胳膊大吼
情绪能控制吗
内心的情绪能控制得了吗
我被他晃得
泪如雨下

算球的进步

以前我用的手机是诺基亚
没电之后重新开机
还可以使一阵子
现在用的是华为
没电了就三十秒提示
然后再也打不开了

以前我用的剃须刀是飞利浦
没电之后摁开
还可以轰鸣一阵子
现在用的是飞科
没电了就马上在下巴停住
一声不吭了

这让我想到国际足联
在淘汰赛中的金球制和银球制
只不过顺序颠倒了
手机和剃须刀的加时赛
从打满全场
变成了突然死亡

生活不止眼前的苟且

在远方的深圳
一位 63 岁的母亲
为了患强直性脊柱炎的
儿子的手术费
跳楼自杀了
但她并不知道
她跳到了意外险之外

冬至日,主要看爱因斯坦的梦

把一生压缩成为一天,冬至便转瞬即逝
当你伸手去接雪花,会摸到一段新枝
忧伤再不可怕,它还来不及在胸中堆积成山
就会渣土一样垮掉,滑出紧绷着的皮肤
当然欢乐也随之锐减,谁也无法达到高潮
中举的不会发疯,不举的也不再沮丧
毕竟熬过几个时辰,就会进入晚年
朋友省略了寒暄,能看一眼就少一眼
国与国也省略了交战,士兵们刚穿上军装
就马上要退役,以前足以拼命的愤怒
现在还不够开一只瓶盖,因为生命短暂
酒鬼们都不再酗酒,不然一躺下就会
掉进阴间,快餐店也变成了投弹
伙计们朝路上扔面包,大家要边吃边赶路
起码要走完四季吧,起码要认全亲戚吧
没人再到国外买豪宅,根本来不及装修
没人再到股市去停牌,根本来不及筹款
夕阳就会一路飘红,拎走一颗颗脑袋
有的少年只逃了半天课,就来到了中年
看着父亲消逝的背影,他只能哭半秒钟

惊蛰日,主要看管管

惊蛰适合出窝,适合飞到天上呢喃
适合衔着春泥经停,给春天塑一枚雕像
把它挂在屋檐下,立在树梢上
惊蛰适合出洞,适合跟着大王去巡山
适合给山脚穿两双毛袜,给山腰系一根清泉
适合把双峰推进优衣库,噼噼啪啪
开出一山崖一山崖的野花,惊蛰适合出行
把风雪塞进行囊,把风月塞进胸腔
骑着阳光走到哪算哪,天一黑就跳下单车
把满天的星斗当成孵化陨石的温床
惊蛰适合出山,别管有没有玄德敲门
都要从睡足的草堂醒来,推开睫毛掩盖的眼睛
推开书童掩上的茅庐,在隆中对
哪如在天下对,世界那么大,你想去看看
失街亭有什么可怕的,坐在高铁上
白帝城都会像红丝带飘过,惊蛰适合出版
用微风赶紧印刷河畔,把垂柳拉成直板
把水面吹出褶子,把烤鸭从瓷盘
吹到涟漪里,让它们曲项向天歌
别拿反了雪白的喉咙,惊蛰适合出神
雪人们顿时都惊呆了,转业成水洼还是小河
全凭流量安排,有些顾及个人形象的
只好跳上冷空气朝哈尔滨急撤,沿途遇上
送温暖的志愿者,它们大气不敢出一声

惊蛰适合出水,不论是芙蓉姐姐还是犀利哥
春天一视同仁,都会把粼粼的波光
像紧箍咒套在你头上,你只要陪着它西游
它就会为你解开大海,脸上挂满浪花
惊蛰适合出嫁,春天坐着花轿来,你只要有力气
就可以颠轿,在红高粱里颠,在青纱帐里颠
一个不会颠轿的新郎可不是好驴友,春天适合出游
仗剑就不必了,仗水果刀就不必了,仗着
寒冬捏出的这张荒芜的脸,你就有资格
见竹长啸,见风狂奔,见山不是山,见雨不是泪
见天边归雁拉抬了迎春的选情,就想起
自己也曾做过壮丁,被冬眠拉进了冰封的梦

微信大阅兵

现在朝我们走来的是抢红包方队
之所以把他们放在首位
完全是因为他们的手和手机太快了
能一秒钟同时伸向几十个群
他们不仅明抢还暗抢
不仅怒目金刚地抢还含情脉脉地抢
不仅用指头抢还用各种山寨抢包神器抢
他们更换马甲出群入群如地道战战士
他们把抢来的钱不仅补贴家用
还一分一分地发给其他盆友
向这些微信界的土行孙致敬

现在朝我们走来的是点赞方队
他们能成为探花实至名归绝非偶然
数年来他们废寝忘食枕苹果三星待旦
一醒就点赞不仅给亲友团点还给陌生人点
不仅给美食美事没事找事点还给灾祸点
在他们眼中点赞才是人类最赞的事业
他们去骨科医院把双手大拇指做了手术
永远固定成了挺翘的模样
为此他们牺牲了手的其他功用
世上本没有赞点的多了也就成了赞
向这些微信界的呼延赞致敬

现在朝我们走来的是转发方队
他们能跻身三甲我们一点都不吃惊
他们才是朋友圈里挺起的脊梁
如果没有他们我们看到的只是空白
如果没有他们我们无法领略各种公号
他们失去的只是锁链可链接了整个世界
当我们抱着苹果下床的时候嚼着益达上班的时候
你可曾想到谁是最可爱的人
是他们不厌其烦的转啊转啊转啊
我们才像转世到了一个资讯的丰饶之海
向这些微信界的三岛由纪夫致敬

现在朝我们走来的是人工方队
他们的手没有点赞方阵快但他们的心更热忱
机器饺子好吃手工饺子好吃你可以尝一尝
健慰器好使苍井空好使你可以试一试
他们花样翻新绝不抄袭别人和自我
每句留言都字斟句酌不惜屡屡下问度娘
众里寻他千百度那人却在驻群办事处
是他们亲切的话语融化了抑郁者的妄念
是他们溢美之词点燃了初学者的雄心
他们救死扶伤根本顾不上自己手指皴裂
向这些微信界的白求恩致敬

现在朝我们走来的是板砖方队
俗话说没有批评就没有进步没有板砖
就不可能万丈高楼平地起一桥飞架南北

挑滑车

天堑变通途他们就是堑奏的凯歌
地暖变石油他们就是暖男的杀手
他们用棒喝使人更加棒棒哒他们用匕首
使人再回首泪眼朦胧他们看似刻薄实则才厚
他们刀子口豆腐心随便一辆小推车
也会把他们心灵的匝道压倒摔成一地砖粉
有了他们星空不寂寞兼听则明监听则暗
向这些微信界的魔岩三杰致敬

现在朝我们走来的是晒图方队
普天之下他们才是最阳光的最噻罗噻的
他们和太阳有一个约会共同去寻找格图的根
他们不仅晒自己还晒别人不仅晒当下还晒历史
恨不得把上下五千年再从阳光中录播一遍
通过他们的美图秀秀我们目睹了他的生存状态
他的自拍照他拍照偷拍照找拍照一一陈列
供人盗取供人下载供人围观供人把玩
这种置个人颜值于度外置内存不足于度外
看图说话的精神是一种消失日久的图腾精神
向这些微信界的飞天们致敬

现在朝我们走来的是截图方队
同样是对待图片晒图的是晒完了不管
他们是把别人晒的切成块腊肉一样留着
千万别小看留守他们才是后院失火的见证者和发起人
记得宋朝宗泽就做过留守临终前大呼过河过河
过河可以但得看水有多深不论摸着石头还是摸着涟漪

他们总是在你游到江中时突然给你扔管江中口服液
他们总是在你遭屏蔽后亮出你发过的私聊
让人对你的人品极品吕贵品唏嘘不已
让人伸出各方援手给你混搭一座泸定桥
向这些微信界的十八勇士致敬

现在朝我们走来的是砸诗方队
他们对诗歌的热情远远超出我们的想象
他们不仅爱诗写诗评诗读诗还用大锤砸诗
每当夜幕降临乌鹊南飞之际便是砸诗会召开之时
月亮在白云里面穿行他们在有道云里面穿行
把拧断数根须咬断数片指甲写成的新作
羞答答的捧出来请大家不遗余力地砸
然后再砸别人再互相砸再集体砸再爱砸不砸
砸累了他们再互相拥抱互相告诫
下一次砸我时再狠点啊砸出毛病才好呢
向这些微信界的不倒翁致敬

现在朝我们走来的是微商方队
他们在微信中受误解最深被拉黑最多
但他们毫无怨言从不计较一时得失
还一如既往的向熙来攘往的朋友柔声叫卖
他们小本经营从不以盈利为目的
只想在盈盈一水间搭建自由贸易的平台
工农兵学商缺一不可没有商品我们靠什么果腹
没有商品我们靠什么生存靠还是不靠
这真是一个问题可是当你正闹肚子时

突然在微信里飞来一包跳楼价的泻立停
这是何等的快意简直漂亮得不像实力派
向这些微信界的胡雪岩致敬

现在朝我们走来的是炮友方队
本来因他们工种特殊不打算塞进方队的
但他们在车震马震地震之余来提防震意见
他们答应在队伍中坚决服从大局听从指挥
不朝身边的人暗送秋波暗渡陈仓暗做鬼脸
实际上是他们拓宽了微信的使用功能令陌陌之流
　才不敢小觑
他们是现代的关关雎鸠墙头马上掷果盈车
每天带回一身汇源果汁多带劲比正襟危坐好吧
他们使偌大的人间处处是果园处处叫春天
如果有一天他将要离去请把他埋在埋在春天里春天里
向这些微信界的半壁江山致敬

现在朝我们走来的是沉默方队
沉默啊沉默不是在沉默中爆发就是在沉默中灭亡
他们没有爆发也没有灭亡而是以他们特有的方式屹
　立在微信上
他们一言不发但不是徐庶他们没有把朋友圈看成曹营
他们默默无语但不是戴手铐的旅客他们都是戴手
　链的居家好男女
他们不对着山谷喊不是怕发出空谷足音
他们不对着高山喊不是因为高处不胜寒
他们是懂得欣赏的一群是节约大家时间的一群

当大家苦苦追问时间到哪儿去了时他们
正打着手电给大家寻找流逝的岁月呢
向这些微信界的普鲁斯特致敬

现在朝我们走来的是群主方队
在古代他们是节度使在当代他们是百度使
他们麾下少则十几人多则数百人
来自五湖四海都是为了一个共同的目标走到一起来的
来的都是客全凭嘴一张有喝酒的有喝茶的有不喝这一壶的
全靠群主上下其手左右逢源才使朋友群的大旗不倒
那些质问群旗能够打多久的嘴巴可以闭上了
心若在群就在天地之间还有真爱看大群小群豪迈
大不了把群解散了起个名从头再来
向这些微信界的欢哥们致敬

现在朝我们走来的是制造商方队
让他们压轴是有硬道理的他们不来压轴
我们就想不出能让谁来压轴难道要请外星人来吗
其实即便外星人也没有他们的智商情商开发商高
天知道他们怎么想出弄一个软件把全国人民的
　视线拴在一起的
他们在五十六个民族之外又创造了一个低头族
他们是微信大军的亲手缔造者和直接指挥者
他们年轻有为像早晨的阳光牛奶世界是你们滴
　也是我们滴
但是归根结底还是他们滴微信寄托在他们身上
最喜大普奔的一刻就要到来了
向这些微信界的始作俑者致敬

武器研究

哨棒

哨棒在落下的过程中被树枝磕断了,露出了里面的木纹,这让树枝很内疚,感觉辜负了同类,于是他俯下身子帮助武松,用枝条猛烈抽打老虎,把枝头的各种水果都砸在它的面门上,使老虎突然变成了一只原生态的榨汁机。

耍大刀

到关公面前耍大刀的人越来越多了,关公实在看不下去了,他让周仓站到自己的雕塑里,自己下山去土地庙呆着了,耍大刀的正陶醉在自己的刀法里,根本看不到面前泥塑的脸庞上,飘飘的长髯已被猪鬃般的络腮胡所替代,他们仍然耍啊耍,直到连周仓都闭上了眼睛。

替身

董超薛霸知道一走进野猪林,就会碰到从天而降的鲁智深,但他们不知道怎么绕开野猪林,于是他们决定兵分两路,薛霸押解着雇来的林冲先从左路走,随后董超押解着真正的林冲从右路走,当他们依次进入树林把真假林冲在树上绑定后，突然从半空跳下来两个鲁智深，两个实在是太像了，他们根本分辨不出哪个是鲁替身，只好乖乖地任其摆布，灰溜溜地又在中路汇合成一对解差。

大铁椎

秦始皇正在博浪沙阅兵，突然一只一百二十多斤的大铁椎飞过来，砸中了副车，目睹这一盛况的士兵们以为这是阅兵式上设计的花絮，依旧秩序井然地前进，站在副车上被砸伤的几个士兵认为之所以让大铁椎扔向这辆副车，完全是自己这个团队素来拥有轻伤不下火线的光荣传统，于是他们更加傲娇地展示刚负伤的面颊，让躲在人群中的张子房一下子坍塌了。

擂鼓

黄天荡的雾霾指数历来在各地排第一，因此梁红玉擂鼓时看不清鼓面，时常擂到站在大鼓旁边的小厮身上，后来她发现鼓声中加上些小厮的哎呦声做混响更壮军威，于是眯上杏眼可劲儿擂去，后来她离鼓面越来越远，身下传来的全是小厮们的哎呦之声，直到她听见一句用番语叫出的哎呦，才知道自己已经擂进了战俘营。

心灵抚养权

上帝也有厌倦的时候,一觉醒来,他看了下自己的粉丝圈,已经超过十亿人了,就连他随便打一个喷嚏,也能听到人间十亿声点赞,有的人还利用高科技,通过宇宙飞船把大拇指头运送到云端,这让上帝的早餐里经常漂满了指甲油和月牙形的指甲,他的确烦透了,就毅然决定单方面放弃对这些人的心灵抚养权。

最早醒来的信徒感觉到了异样,觉得没着没落的,到心里一看,发现那个每天端坐在里面的上帝不见了,这可是塌了天的大事啊,他们在人间到处吆喝,把那些睡梦里的信众叫醒了,把那些平日里对上帝半信半疑的人叫醒了,后者看到他们那种悲痛欲绝的样子,就打消了以前的那一半疑虑,也加入到寻找上帝的队伍中来。

他们这几十亿人都不再点赞,而且满世界张贴寻上帝启示,连北极的企鹅后背上都贴上了上帝的画像,飞鸟飞不到的地方,蚯蚓钻不进去的地方,别人想不到的地方,贴得到处都是。上帝一觉醒来,发现自己脸上身上也都贴了好几层,不过这样好了,他们就更找不到自己了,上帝放心了,翻了一个身,彻底挪出了人类的心脏。

我来到了我的晚年

我想去看看我的晚年,没走几步,就跑过来一位姑娘,示意我跟着她走,路上她介绍说自己是一名志愿者,之所以在这里为人带路,是因为很多人的晚年变化太大,自己根本不认得,如果没有人引领着,就会走进别人的晚年。

那么,走进别人的晚年又有什么不好呢,反正只是参观一下,最后不是还得退回来,一步一步走进自己的晚年吗?我问她。

没有你地得那么简单,有很多人来到别人的晚年,看到了其乐融融的场景就舍不得离去,非要停留在那儿当成自己的晚年,岂不知这样滞留下去只能给自己找到一个被驱逐的晚年,而且在别人的晚年之外逡巡,会影响别人安度晚年,如果遇到意外情况还会发生危险,上周就有一个人硬要闯进一位权贵显赫的晚年,被他身边的保镖开枪打死了,倒在了别人的还有自己的晚年之外。

听了她的话,把我吓了一跳,想不到去参观一下晚年还会出人命,我在心里打起了退堂鼓,步子也慢了下来,她看出了我的犹疑,就对我说,不用担心,其实在去自己晚年的路上会遇到路两边很多人的晚年,你只要抱着观赏一下的态度,别硬闯进去就不会有事的。

可是,有没有硬闯成功的呢?我问她。

有的,前几天有四个留守儿童就一起闯进了一个乞丐的晚年,乞丐身边没有保镖,所以他们没有被驱逐出去,可是这几个小孩非得挤在一个人的晚年里,老乞丐本身就瘦小,根本容不下他们,很快他们就窒息在了乞丐的胸腔里,可惜还没走到自己的青年。

如果这样说,有足够力量就能闯进别人的晚年,如果我荷枪实弹,不就能闯进哪怕国王的晚年吗?

哈,她转过头来笑了,对我说,这位先生,你别开国际玩笑了,被参观的晚年和现实中的晚年是按照1∶1的比例设计的,几乎就是照搬了现实,你在现实中不是一名国王,就根本不可能走进国王的晚年,只有在现实中荷枪实弹政变成功,才能成为国王,但是也不一定活到晚年,如果你竟然想着不劳而获,坐收渔利,一世平平,拎着一只钢珠枪就想尽享老国王的荣耀,简直是痴人说梦,不被炮决了就算大命的。

被她一通抢白后我不再多言,尾随着她朝前走,路两边别人的晚年越来越多,笑语喧哗,有种置身于团拜会的感觉,偶尔路过几处没有动静的,我便凑上去看了一眼,里面基本都是一个形单影只的老人,在板凳上向隅枯坐或者捧着一张老照片叹气,有一个已经躺在了床上奄奄一息,我想推门进去,被她一把拉住了,她说你不用管,我们可以看到他的晚年,却无法更改他的晚年,很快他的身边就会出现正从外地赶来的亲人,然后就是停靠在门外的灵车,一切都会按照人间的步骤有条不紊地处理的。

看到这个人的晚年,我突然担心起了自己的晚年,如果也是这样晚景凄凉,还有必要去看吗,还有必要去过晚年吗,还有必要看一遍再过一遍受二茬罪吗,我停住脚步,告诉她我不想去看了。

她也停住了,开导我说,像你这样中途止步的人有很多,也有转身回到自己的青年或中年,揣着个悬念走完了一生的,但是回避它并不能改变它,他们不论怎么走,最后还是会走进他拒绝去提前浏览的那个晚年,其实早看一眼,心里有数也好。

可是如果晚年并不精彩,退回去后还有继续活下去的勇气吗,还有,如果并不满意自己的晚年,回去后拼命努力会不会就此改变命运,活出一个崭新的精彩的晚年呢。

听我说完,她眨巴了一下眼,然后拿出一本小册子,指着上面的一句话给我说,你看,我们的宣传语是"预览晚年,接受命运",凡是我们去看的晚年,都是十几年几十年后现实中发生的真实场景,不论你在现实中如何去拼命改变现况,这个晚年是你做出各种努力之后的结果,因此当你看到你的晚年时,你回去做的任何努力都收纳和消弭在这个晚年里了。

这样我就更不想去看了,起码给自己留个奔头和愿景吧,我抬起头刚要告诉她自己想原路返回,却发现她的脸上竟有了皱纹,像是一位发福的中年妇女了,她笑了,说,其实陪你们走一次,我也会在时光隧道中穿行一次,你不用说,我就知道你想返回去,可是你的目的地到了,这儿就是你的晚年。
她指了指愣住的我。

头号敌人

在冬天,寒冷就是我的头号敌人,我得躲在羽绒服的盾牌后面抵御它的军团。

在夏天,蚊蝇就是我的头号敌人,我得举起苍蝇拍和巴掌的干戈把它们拍成玉帛。

在白天,雾霾和尾气就是我的头号敌人,我得高悬起口罩的吊桥而无视它们在城外乌泱泱的叫骂。

在深夜,瞌睡虫就是我的头号敌人,我得用咖啡的堰塞湖淹没它或者被它俘虏进梦乡的功德林。

肚子咕咕叫时,饥饿就是我的头号敌人,我得实行白色恐怖,用炖白菜白米饭矿泉水三座大山狠狠压迫它。

流鼻涕时,过敏性鼻炎就是我的头号敌人,我得把一把药片的水雷发射进胃液,以期击穿它厚厚的甲板。

在恋爱时,失恋就是我的头号敌人,我得把情书鲜花的纵队埋伏在塔山,阻击它的增援部队。

在写作时,文思枯竭就是我的头号敌人,我得像铁人王进喜一样跳进脑海挥动双臂,盼着能从海底拽出一座胜利油田。

在娘胎时,羊水就是我的头号敌人,我得趴紧胎盘的救生圈不被它淹死才能来到人间。

到了人间,人海成了我的头号敌人,它掀起的獠牙般的巨浪非羊水所能比拟,简直是狼水,我只有一边背诵着丛林法则一边躲进孤独的丛林。

在青春,市侩就是我的头号敌人,我得一边唱着小虎队的歌谣一边刮掉世俗在我身上涂抹上的斑斓的花纹。

在市井,贫困就是我的头号敌人,我得一边诅咒着贪官一边炒股摸彩练摊开淘宝店争取多赚点外快。

在酒桌上,痛风就是我的头号敌人,我得和海鲜暗通款曲签订互不侵犯条约免得顾此失彼双线作战使痛疼的部队沿着指节的铁道线星夜突进。

在书房里,在书架的华山之巅论剑的这帮武林高手就是我的头号敌人,不把他们其中的一个拉下马,我就只能在废纸篓的丐帮里呆着。

在天上,恐高症就是我的头号敌人,我得把空姐的视线当成系在腰上的威亚。

在地上,陷阱就是我的头号敌人,我得像工兵那样扒拉开斑马线,让它露出下面的鳄鱼。

在时间中,衰老就是我的头号敌人,我得把生命先备份在热腾腾的生活和亲友的记忆里。

在空间中,消失就是我的头号敌人,我得在地球的惶恐滩头忍住惶恐,活好每一天,把死亡这位老伙计当成自己的头号敌人。